{小説}

メダリスト

Medalist

2

著　江坂純

原作　つるまいかだ

presented by
ESAKA JUN AND
TSURUMAIKADA

Kodansha K★K bunko

Contents

天才と呼《よ》ばれる少女がいたとして
彼女《かのじょ》はその名がつくまでは何者だったんだろう。

瞬《またた》く間《ま》に輝《かがや》かしい結果を出せば天才と呼ばれ
月日をかけて結果を出せば秀才《しゅうさい》と呼ばれる。

その名がつくまでの何者でもない私《わたし》たちは
未来への願いと憧《あこが》れだけで、この薄氷《はくひょう》を踏《ふ》み切《き》るんだ。

score 7

西の強豪《きょうごう》　前編《ぜんぺん》

西日本小中学生大会に出場するため、京都宇治《きょうとうじ》アイスアリーナへとやってきた結束《ゆいつか》いのりは、ロビーにひしめく選手たちの姿《すがた》にすっかり圧倒《あっとう》されていた。

そしてさらに圧倒されたのが、京都宇治アイスアリーナの設備《せつび》。なんと、スケートリンクが2つもあるのだ。

広々としたメインリンクと、少し小さなサブリンク。

しかも、他のアイスリンクよりも空調が整っているので、リンクサイドにいてもあまり寒くない。

「うわ……わああっ！　スケートリンクが2つもある！　2つもあったら窮屈《きゅうくつ》にならないでいっぱい練習できる！　リンクサイドなのに空気あったかい！　すご～い!!　すっごーい!!!」

大はしゃぎするいのりの姿に、いのりの母は恥《は》ずかしそうだ。

「いのり……恥《は》ずかしいから静かにして……」

しかしいのりは止まらず、顔をキラキラさせて周りをきょろきょろしていた。

「絵馬《えま》ちゃんの他に1級に出る選手、どんな子たちだろう……」

すると遠くから、つんつんした髪型《かみがた》の女の子が走ってきて、「しゃ！」といのりの前で両手を広げた。

ライオンの子供《こども》がじゃれつくようなその動作に、いのりはビクッと驚《おどろ》いてしまう。

女の子は、「お前何級⁉」と威勢《いせい》よくいのりに聞いた。

「えっ？　アッ……1級です……」

「よっしゃー！　おんなじ1級、また見つけたわ！」

女の子はいのりの両手を握《にぎ》ると、ぶんぶん上下に振《ふ》りながら自己紹介《じこしょうかい》をした。

「ウチはこの1級枠《きゅうわく》で、大会初出場！　初優勝《はつゆうしょう》する獅子堂星羅《ししどうせいら》じゃッ！　よろしくな！」

星羅は小学5年生で、スター広島ＦＳＣ《ひろしまフィギュアスケートクラブ》に所属《しょぞく》しているという。

いきなりの優勝宣言《せんげん》に、いのりは驚きつつも、「わ、わたしも1級優勝目指してるよ……！」と、自分も宣言した。

「がんばろうね……っ！」

「お前も優勝したいのか⁉　そうか！　来年がんばれよ！」

来年――。

いのりは「今年」「一緒《いっしょ》に」がんばろうと言いたかったのだが、星羅の中では、今年の優勝《ゆうしょう》者《しゃ》は自分だとすでに決まっているらしい。

いのりがガーンとショックを受けていると、振《ふ》り上《あ》げた星羅の手がドゴッと後ろを通っていた女の子に当たった。

「イタッ！」

女の子は勢《いきお》い余《あま》って、しりもちをついてしまう。

小熊《こぐま》梨月《りつき》、小学4年生。岡山《おかやま》ティナＦＳＣ《フィギュアスケートクラブ》所属《しょぞく》の選手だ。

「人がたくさんいるんだから、周りをよく見てくださいよ……」

迷惑《めいわく》そうな顔をする梨月に、星羅があわてて謝《あやま》る。

「悪い！　大丈夫《だいじょうぶ》か？」

すると梨月は、「はあ……」とため息をついた。

「さっきからギャーギャーと……。フィギュアスケートって、あなたたちみたいなガサツそうな人でも滑《すべ》れるものなんですね……。驚《おどろ》きです」

チクチクと嫌味《いやみ》を言われ、いのりは（怒《おこ》ってる！）とあわてた。

一方、星羅は梨月の嫌味を理解《りかい》できず、「お前スケート滑れんのん!?　じゃあなぜここに⁉」と、驚《おどろ》いた。星羅の中で梨月の言葉は、ガサツな人でもスケートを滑《すべ》れると知らない＝梨月はフィギュアスケートのことを知らない＝梨月はスケートを滑ったことがない、と解釈《かいしゃく》されてしまったらしい。

「滑れますよ！　私《わたし》は1級です！　あなたはフィギュア選手らしくないって言ったんですよ！　話がわからない人ですね！」

梨月があわてて言うと、星羅は「1級」とつぶやき、うれしそうな顔でドンッと胸《むね》を叩《たた》いた。

「ウチはこの1級枠《きゅうわく》で大会に初出場！　初優勝《はつゆうしょう》する獅子堂星羅じゃッ！」

「なんなんですか⁉」

梨月はますます怒《おこ》ってしまい、いのりは「け、喧嘩《けんか》はやめてぇ……」とぷるぷる震《ふる》えるばかりだ。

すると、星羅の背後《はいご》から青白い顔をした少女が近づいてきて、バシン！　と星羅の両頬《りょうほお》を後ろから挟《はさ》んだ。

「こ……このアホッ……！　もう星羅、やめてやあ……！」

彼女《かのじょ》は、黒澤美豹《くろさわみいひ》、小学5年生。星羅と同じく、スター広島FSC所属《しょぞく》の選手だ。

「意味わからん……！　なんで全然知らんよその子に絡《から》むんよ～……びっくりしちょるやん……。同じクラブのウチが同類に見られるじゃろ～～……！」

美豹はべそをかいて震《ふる》えているが、星羅は「ドウルイってなんじゃ⁉」とあっけらかんとした態度《たいど》だ。美豹の不安は、能天気《のうてんき》な星羅には伝わらないようだ。

そのとき、近くにいた保護者《ほごしゃ》たちが、ロビーの隅《すみ》に固まった一団《いちだん》を指さした。

「あっ！　見て見て、あそこ……。蓮華茶《れんげちゃフィギュアスケートクラブ》　F　S　Cだ……」

蓮華茶FSCは、いのりの友達の鹿本《かもと》すずや大和《やまと》絵馬が所属《しょぞく》する京都のクラブ。今日は、ヘッドコーチの亀金谷《かめがや》澄覚《ちょうかく》が自ら引率《いんそつ》している。

蓮華茶FSCは、今の日本で最も実力があるFSCの1つ。生徒たちの中には、有名人が大勢《おおぜい》いる。

「三つ子の子出藤《ねでふじ》ちゃん姉弟《きょうだい》だ！」

「あ！　鹿本すずちゃん！」

「全日本ノービスとジュニアのメンバーがぞろぞろいるよ」

「本当にテレビで見たことある子ばっかりだね……」

そんなふうに、ひそひそとうわさし合う声が聞こえてきて、梨月は不満顔だ。

「なんですか、アレ。岡山だって強いんですが……」

一方、星羅は、強敵《きょうてき》に燃《も》えるタイプのようで、「ぶち上がってきたわ……」と、武者震《むしゃぶる》いをしていた。

会場には、蓮華茶FSCの子たちの他にも、いのりの知っている子がたくさんいた。名港杯《めいこうはい》で一緒《いっしょ》だった選手の姿《すがた》もある。

みんなこの大会に向けてがんばってきたのだと思うと、なんだかいのりはうれしかった。そして同時に、こんなにたくさんのライバルがいるのだというプレッシャーも感じた。

(将来《しょうらい》、シニアで、憧《あこが》れの全日本選手権《せんしゅけん》に出場するためには、中部ブロック大会のあと、西日本選手権を勝《か》ち抜《ぬ》かなきゃいけない。この中にいる、強い子たちと戦うんだ……)

「無級、初級1級の子、集合〜!」

蓮華茶FSCのコーチ、蛇崩遊大《じゃくずれゆうだい》が、子供《こども》たちに集合をかける声が聞こえてくる。ヘッドコーチの亀金谷が、「ちびっ子たち、呼《よ》ばれてるで。早《は》よ行きや」とせかすと、周りにいた子供たちは「は〜い」と返事の声をそろえ、キャッキャッと楽しそうにおしゃべりをしながら、遊大のもとへと集まった。幼稚園《ようちえん》か保育園《ほいくえん》に通っているくらいの年齢《ねんれい》の子たちばかりだ。

(蓮華茶FSC、初級1級は幼稚園くらいの子ばかりだ……)

唯一《ゆいいつ》、絵馬だけが、他の子たちより頭2つ分ほど背《せ》が高かった。蓮華茶FSCの初級1級の選手の中で、小学生は彼女《かのじょ》だけなのだろう。

（本当に強い子たちのクラブなんだ……）

いのりが硬《かた》い表情《ひょうじょう》で見ていると、コーチの明浦路《あけうらじ》司《つかさ》がどこからともなくやってきて、

「いのりさん、いのりさん！」

と、明るく声をかけた。

「だーいじょうぶ！　リラックス、リラックス〜！」

「リラックス……」

「いのりさんには、フライングシットスピンにブロークンレッグ、さらに2回転《ダブル》サルコウと2回転《ダブル》ループがある。前欲《ほ》しかった2回転が2つも入ってるんだよ！　振《ふ》り付《つ》けも前より完成度高くなってるし……今、俺《おれ》たちはいちごが2つものってるDX《デラックス》いちごたい焼きなんだ！」

「DXいちごたい焼き⁉」

前回の大会のとき、司はいのりの演技《えんぎ》の方向性《ほうこうせい》を決めるのに、いちごたい焼きとショートケーキにたとえた。あのときは、どちらか1つしか選べなかったのに、今日までにいのりは大《おお》幅《はば》に成長している。

（DXいちごたい焼きか……）

そのプレミアムな響《ひび》きに、いのりはうっとりしてしまった。

「冬に向けての最後の大会だ。しっかり、優勝狙《ゆうしょうねら》ってこう！」

「はい……！」

そのとき、会場内にアナウンスが流れた。

『ただいまより、西日本小中学生大会初級女子ＦＰ《フリープログラム》の競技《きょうぎ》を開始いたします』

「あっ、初級始まるね」

司はポケットから行程表《こうていひょう》を出して、いのりの出番を確認《かくにん》した。

「１級のいのりさんの出番は、初級が終わったあとだ。ウォーミングアップするだけだったら結構《けっこう》時間がある。体があったまったら、陸《りく》で１曲通してみよう！　ヨガマットとタオル持ってきて」

「はい！」

いのりは元気よくうなずき、司に言われたものを取りに行くためダッと走り出した。控《ひか》え室《しつ》に行き、部屋の隅《すみ》に置いていたリュックサックの中をガサガサとあさる。

ヨガマットはすぐに見つかったが、タオルは入っていないようだった。

（あれ？　替《か》えのタオル、こっちじゃなくて、キャリーバッグか……）

顔を上げ、キャリーバッグを探《さが》そうとして、ふと気が付いた。

（キャリーバッグが……ない……？）

家を出たときには、確《たし》かにキャリーバッグとリュックサックを両方持っていたはずなのに。

気づいた途端《とたん》、いのりの顔からさあっと血の気が引いた。

キャリーバッグの中には、スケート靴《ぐつ》が入っているのだ。


今朝、いのりは母と家を出た。近くの駅で司と待ち合わせ、みんなで一緒《いっしょ》に新幹線《しんかんせん》で京都駅まで来て、さらに電車に乗ってこの会場へとやってきた。

車内は満員で、たくさんの乗客でぎゅうぎゅうになっていた。

「混《こ》んでるねえ……。夏休みで何かイベントがあるのかな」

つり革《かわ》の垂《た》れ下《さ》がるバーを直接《ちょくせつ》つかみながら司がつぶやき、いのりの母は「いのり……手を離《はな》さないでね……」と、はぐれないようにいのりの手をしっかりつかんでいた。

いのりは、もう片方《かたほう》の手でキャリーバッグを持っていたが、人の波に流されて今にも手を離してしまいそうだった。

（キャリーバッグが引《ひ》っ張《ぱ》られそう……）

うーんと踏《ふ》ん張《ば》っていると、隣《となり》に立っていた女の人がいのりに声をかけた。

「ねえあなた。よかったらその荷物、網棚《あみだな》に上げましょうか？」

「あ……ありがとうございます！」

いのりはありがたくお言葉に甘《あま》え、キャリーバッグを網棚に上げてもらった。

「ありがとうございます！」

「いえいえ……」

その直後、電車が駅に停車《ていしゃ》した。

「いのり？　ドア開くから、こっちに寄《よ》って……！」

母に声をかけられ、いのりは「は〜、楽になった……」とほっとしながら網棚から離《はな》れて、ぎゅっと母の腕《うで》にしがみついた。


それが、いのりがキャリーバッグを見た、最後の記憶《きおく》だ。

会場が近づくにつれて、大会のことで頭がいっぱいになり、網棚に置いたキャリーバッグの存在《そんざい》をすっかり忘《わす》れてしまっていた。

「わかった。じゃあ最後に覚えてるのは、電車の中なんだね」

スケート靴《ぐつ》の入ったキャリーバッグをなくしてしまった──。

いのりからそう打ち明けられても、司は冷静だった。いのりの話を聞くとすぐに、いのりの母にも声をかけ、

「手分けして電話しましょう。僕《ぼく》は電車のほうに問い合わせします」

と、落ち着いてスマホを出した。

「じゃあ私《わたし》は念のため、タクシーのほうにかけてみます……」

いのりの母も、通話アプリのボタンを押《お》すが、司と違《ちが》いすっかり落《お》ち込《こ》んだ表情《ひょうじょう》だ。

いのりはまだ、小学生。電車移動《いどう》にはそれほど慣《な》れていないし、荷物の管理は完璧《かんぺき》にはできない。それなのに、スケート靴《ぐつ》の入った大事なキャリーバッグを、なぜ保護者《ほごしゃ》である自分が持たなかったのか……。

後悔《こうかい》が押《お》し寄《よ》せ、ため息が出そうになる。

しかしいのりの母は、はむっと口を閉《と》じ、ため息を丸ごとのみ込んだ。

(今は、ため息禁止《きんし》……ため息禁止……)

それよりも、すべきことをしなくては。

気を取り直して、スマホを耳に当てる。

そんな母の様子を、いのりは涙目《なみだめ》になって見つめていた。

「お母さん……ごめんなさい。わたし、また……」

「大丈夫《だいじょうぶ》」

いのりの母は、優《やさ》しくいのりの頭を撫《な》でた。

「ちゃんとサポートするから、落《お》ち込《こ》まないで待っててね」

「うん……ありがとう……」

そのとき、鉄道会社の遺失物《いしつぶつ》センターに問い合わせをしていた司が、「そ、それです……！」と大きな声で叫《さけ》んだ。

しばらく話してから電話を切るなり、

「靴《くつ》、見つかりました！」

と、明るい声で報告《ほうこく》する。

「どこですか⁉」

「10駅先です。網棚《あみだな》にのせてくれた方が、気づいて降《お》ろしてくれたみたいで……」

それを聞いたいのりの母は、「今すぐ取りに行ってきます……」と、地図アプリを起動して場所を調べた。

しかし、すぐに暗い顔になって、「……時間が……」とつぶやく。

「10分後に宇治駅を発車する電車に乗らないと、時間内に帰ってこられません。駅に行く最寄《もよ》りのバスが、次は20分後……。タクシーも今から呼《よ》び出《だ》すと、到着《とうちゃく》に15分かかります。今から向かっても出番に間に合わない」

10分以内に宇治駅に着かなければ、キャリーバッグを取りに行けない――。

それを聞いた司は、躊躇《ちゅうちょ》なく「わかりました」と答え、いきなり膝《ひざ》の屈伸《くっしん》運動を始めた。

「走ります。確《たし》か、駅からここまで2キロくらいしかなかったので」

その言葉に、いのりの母はぎょっとした。

「先生が行くんですか……?」

2キロの距離《きょり》を10分で走る。

確かに司の足なら間に合うかもしれない。しかし、司の生徒がいのり1人しかいないとはいえ、大会直前にコーチが生徒のためにそこまでしてくれるなんて前代未聞《ぜんだいみもん》だ。

「一番それが合理的だと思ったので……。すみません、待っててください。いのりさんをこの大会に絶対《ぜったい》に出場させます」

司はトントンとつま先で床《ゆか》を叩《たた》いて靴《くつ》の隙間《すきま》を詰《つ》めると、

「いのりさん! 名港杯とおんなじウォーミングアップをやっててね!」

いのりにそう声をかけ、ダッと走り出した。

いのりは司を走って追いかけ、「司先生、ごめんなさい……っ」と涙目《なみだめ》で声をかける。

「いのりさんを目標に導《みちび》くのが、俺《おれ》の役目だよ!」

明るく言って手を振《ふ》ると、司はバビュン! と勢《いきお》いよく会場を飛び出した。

(絶対《ぜったい》に間に合わす!)

絶対に間に合わす！
1級女子は11時30分から
いのりは第3グループだから出番は12時20分ごろ
6番
井上《いのうえ》さやかさん
神戸《こうべ》スウィングFSC

現在《げんざい》の時刻《じこく》は、10時22分。

1級女子の演技《えんぎ》は、11時30分に開始され、第1グループから順に滑走《かっそう》する。

いのりは第3グループだから、出番は12時20分ごろだ。

アイスリンクのそばに用意された練習室では、たくさんの選手がウォーミングアップを始めていた。コーチに柔軟《じゅうなん》をしてもらっている選手は、「痛《いた》い……」と苦悶《くもん》の表情《ひょうじょう》を浮《う》かべている。

いのりが1人でウォーミングアップをしているのに気づいて、遊大が様子を見に来てくれた。遊大は、いのりの母から事情を聞いて、ぎょっとした顔になった。

「それで司先生がおらんのですか……。ヘッドコーチの先生は？」

「今日は、全日本に向けたアイスダンスの生徒さんの試合で、東京に行かれてて……」

「いのりちゃん、出られるかどうかわからんなかでアップしてるんか……。サポート、手伝いますよ。困《こま》ったことあったらなんでも言ってください」

優《やさ》しい言葉をかけられ、いのりの母は「そんな……すみません……」と頭を下げた。

いのりは心苦しくてたまらなかった。自分がキャリーバッグを忘《わす》れたせいで、司に迷惑《めいわく》をかけてしまっている。

いのりを目標に導《みちび》くのが自分の役目だと、司は言ってくれた。その司の気持ちをうれしく思う以上に、こんな自分が司に負担《ふたん》をかけていることが、申《もう》し訳《わけ》なく思えてしまう。

「司先生、ごめんなさい……。こんなわたしで……こんなわたしを、手伝わせて……」

いのりの気持ちに追い打ちをかけるかのように、夜鷹純《よだかじゅん》の言葉が頭に響《ひび》く。

――一生かけようが君が光《ひかる》に勝てることはないよ。

弱気になっている自分に気づき、いのりはハッと顔を上げた。

「フンっ！」

自分に気合を入れ、両頰《りょうほお》をぺちっ！　と包《つつ》み込《こ》むように叩《たた》く。

「いのり……？」

突然《とつぜん》のいのりの行動に、母が不思議そうな目を向ける。

「ウォーミングアップ……！　がんばるぞ……っ！」

いっそう真剣《しんけん》な表情《ひょうじょう》でつぶやくと、いのりは足を伸《の》ばして柔軟《じゅうなん》を始めた。

そうだ。わたし、光ちゃんに勝って、あの言葉をひっくり返さなきゃ。司先生と一緒《いっしょ》に。

「自分のダメなところ、今反省するのやめなくちゃ……。先生が帰ってきてくれたときに、落《お》ち込《こ》みすぎてちゃんとできなくなっちゃってたら、本当の本当にダメだ……！」

「いのり……」

こんな状況《じょうきょう》でも前向きになろうとするいのりの姿《すがた》に、母は驚《おどろ》いていた。

そのとき、遊大が「いのりちゃん！　お母さん！」と2人のもとへ駆《か》け寄《よ》ってきた。

遊大の話によると、初級を棄権《きけん》する選手がいたため、予定したスケジュールよりも前倒《まえだお》しで大会が進んでいるという。

「採点《さいてん》も、今日、ペース早いです……。棄権は出場ギリギリまで待てますが……そろそろ準《じゅん》備《び》はしていないと」

棄権、という言葉が、いのりの心に重たく沈《しず》み込《こ》む。

もしも司が間に合わなければ、いのりも大会を棄権せざるを得《え》ない。

「司先生はさっき、キャリーバッグもらって電車の中らしいです」と、いのりの母。

「いのりちゃんは、ウォーミングアップを進めておいて……って、もう終わってるか。あとはスケート靴《ぐつ》を履《は》くだけやね」

これ以上は、いのりには待つことしかできない。

いのりの母は、遊大に軽く頭を下げた。

「すみません、お忙《いそが》しいのに教えにきてくださって。ありがとうございます」

「お母さんもそろそろ、観客席のほうへ向かってください」

遊大にうながされ、いのりの母が去っていく。

司が帰ってこないまま、時間だけが刻一刻《こくいっこく》と流れていった。

そしてとうとう初級が終わり、1級の競技《きょうぎ》が始まってしまう。

『ただいまより、西日本小中学生大会1級女子ＦＰ《フリープログラム》の競技を開始いたします』

いのりの出場する第3グループの出番はまだ先だ。いのりがリンクの周りを走って体を温めていると、見かねたいのりの母が「いのり、ちょっと走りすぎじゃない？」と声をかけに来た。

「この前はそんなに動かしてなかったと思うよ。疲《つか》れちゃうよ」

「あっ……そうかな……」

「息上がってるし、少し休憩《きゅうけい》したら？　ここ座《すわ》って……」

そう言いながら、いのりの母は、観客席の前方の席に腰《こし》を下ろした。

手渡《てわた》されたタオルを受け取りながら、いのりも母の隣《となり》に腰《こし》を下ろす。

「うん……」

1級女子の競技はつつがなく進行していた。

第1グループの序盤《じょばん》に滑《すべ》った選手たちのレベルはみな横並《よこなら》びで、図抜《ずぬ》けた得点《とくてん》を獲得《かくとく》する選手はいなかった。

その流れが変わったのは、星羅の演技《えんぎ》が始まったときだ。

『10番、獅子堂星羅さん、スター広島FSC』

名前を呼《よ》ばれ、星羅は自信満々に、氷の上に滑《すべ》り出《で》た。

音楽が始まり、弾《はじ》けるようにダイナミックに動き出す。

ビュン！　と風を切ってリンクを横切り、バッと高く跳《と》び上《あ》がった。

2回転《ダブル》サルコウ。

空中で完璧《かんぺき》な軌道《きどう》を描《えが》き、星羅は見事に着氷した。

「ジャンプ前の加速すごい！」

「めちゃくちゃ速くない？　シニアレベルのスピード出てるよ！」

観客席から、感嘆《かんたん》の声があがる。

得点を審査《しんさ》するジャッジたちも、「1級でも見応《みごた》えあるねえ……」「動きに勢《いきお》いがある！」と感心した様子だ。

『獅子堂星羅さんの得点《とくてん》……23・37。現在《げんざい》の順位は第1位です』

演技が終わり、星羅の得点が発表されると、観客席はにわかにザワついた。

「23点か〜！　1級は、これ以上はもう出ないだろうなあ」

「あの子、スピードスケート日本代表の、獅子堂選手の娘《むすめ》さんだってさ」

「そっちのサラブレッドか〜」

いのりの母も、星羅の得点に驚《おどろ》いていた。

（23点……！　いのりの目標点数以上じゃない……？）


自分の順番を待つ他の選手たちは、星羅があまりに高い点数を出したので、すっかりやる気を失っていた。

「構成点《こうせいてん》でもう20点なんて超《こ》えられへん」

「先生〜、もう優勝《ゆうしょう》できんやん……」

子供《こども》たちが不満そうにコーチに訴《うった》えるなか、梨月は「フン……」と鼻を鳴らしていた。絶対《ぜったい》に追《お》い抜《ぬ》いてやるとでも言いたげな表情《ひょうじょう》だ。

一方いのりは、星羅の演技《えんぎ》が終わったあと、しばらく放心したように椅子《いす》に座《すわ》り込《こ》んでいた。

しかし、急に何かを思いついたかのようにガタンッと立ち上がると、

「ウォーミングアップもう1回してくる……！」

そう言って、戸惑《とまど》う母をその場に残し、ダッとどこかへ走り去ってしまった。

「じゃけえ言うたじゃろ、ちゃんと跳《と》べるって！」

演技《えんぎ》を終えた星羅は、コーチたちを前に、得意《とくい》げに胸《むね》を張《は》っていた。

「おかえり、星羅……」

美豹が来ると、「おう！」と元気よく返事をする。

「ウチの演技《やつ》、見とった？」

「見とらん……」

「なんかウチ、めっちゃ褒《ほ》められたんじゃけど！　フィギュアって、他の人ができんジャンプ跳べば、1番取れるんじゃな」

あっけらかんと言う星羅を、美豹は「知った口きくなやっ！」としかり飛ばした。

「1級はまだ、2回転できる子少ないけえ、そう思えるだけじゃ……」

しかし美豹の言葉は、星羅の耳に入っていない。

「2回転なんて、練習したらすぐ跳べるのになあ。1級じゃまだレベルひっくいなあ〜。早く6級受かりて〜」

悪気なく、ニコニコと言う星羅を、美豹は複雑《ふくざつ》そうに見つめていた。

いのりは、アイスリンクの建物の外にある、駐車場《ちゅうしゃじょう》にいた。

子供《こども》たちがフラフープなどを楽しむなか、邪魔《じゃま》にならない隅《すみ》のほうで、演技《えんぎ》の通し練習を始める。

（司先生と、1曲通そうって話していたんだった……）

イヤフォンを耳にはめ、いのりは心を落ち着けた。

やがて、音楽が流れ始める。

パシッ。

バッ！

くるっ。

姿勢《しせい》に気を配りながら、音楽に合わせて頭から演技を練習する。しかし途中《とちゅう》の2回転ジャンプは回りきれず、着地のあとにバランスを崩《くず》してしまった。

「あっ、と……」

（やっぱり陸《りく》だと、助走がないから2回転ちゃんと回らない……）

それでも、いのりは気持ちを強く持ち、さらに練習を続けた。

勝ちたいという気持ちで、頭の中はいっぱいだ。

（わたしはスピードが速いってよく褒《ほ》められてたけど、星羅ちゃんのほうがうんと速かった。元気いっぱいじゃないと、星羅ちゃんに勝てない。司先生が帰ってきて、励《はげ》ましてくれるのを待ってるんじゃ、ダメだ）

司は今まで何度も、不安になるいのりの気持ちを立て直してくれた。

でも、その司は今、いのりのそばにいない。

（司先生がいつも言ってくれてることを思い出すんだ！　自分でわたしを信じろ！　大丈《だいじょう》夫《ぶ》、できるできる、絶対《ぜったい》できる！）

勝ちたい、とさらに強く願ったそのとき、いのりの頭にまた、夜鷹の言葉がよぎった。

——一生かけようが君が光に勝てることはないよ。

そう言った夜鷹に、司はこう言い返してくれた。

——俺《おれ》たちは、勝ちます！

（ヨダカさんと会ったとき、司先生は震《ふる》えてた。いつも大丈夫《だいじょうぶ》と言ってくれる先生が、見たことない顔をして緊張《きんちょう》していた。でも司先生はヨダカさんが言ったことを違《ちが》うと言ってくれた。勝てるって……わたしができるって信じてくれた）

夜鷹は、司の憧《あこが》れの選手だ。そんな人の言葉を、司はいのりのために否定《ひてい》してくれた。いつだって司は、誰《だれ》よりも、いのりのことを信じ続けてくれている。

（ずっとずっと、やる前からダメだったときのための場所を用意されてきたわたしの、ダメな自分のことを忘《わす》れられないわたしの、遠くて難《むずか》しい夢《ゆめ》が叶《かな》うと信じてくれている。わたしが夢を伝えた日から、ずっと。わたしもわたしができると強く信じたい。ダメな自分を大嫌《だいきら》いなほどよく知ってるけど、わたしは司先生が信じてくれた自分のほうでいたい。信じられるわたしでいたい！）

いのりは地面を踏《ふ》み切《き》り、跳《と》び上《あ》がった。

氷上の回転とは違《ちが》う、足元の感覚を頼《たよ》りにバランスを保《たも》ちながらの回転だ。

（今日、絶対《ぜったい》に優勝《ゆうしょう》して、できるって自信にするんだ）

音楽に乗りながら、今度はイメージどおりに着地できた。

その後も音楽に合わせ、軽《かろ》やかに演技《えんぎ》を続ける。

ちょうど音楽が終わったところで、母がいのりを探《さが》しにやってきた。

「いのり……！　いた……！　会場にいないと、順番すぎちゃうから……！」

「あっ、ごめん……」

いのりは母と一緒《いっしょ》に、大あわてで会場へと走った。

いのりの母が声をかける、少し前。

コンクリートの上で演技《えんぎ》をするいのりの姿《すがた》を、じっと見つめる1人の女性《じょせい》がいた。

眼鏡《めがね》をかけ、長い髪《かみ》を三つ編《あ》みにして1つにまとめた、背《せ》の高い女性だ。

「……。あの子……」

女性は、演技をするいのりの姿に、いぶかしげな視線《しせん》をそそいでいた。


いのりが母と会場の中へと入りかけたとき、遠くのほうから「……さ～～ん」と誰《だれ》かが呼《よ》ぶ声が聞こえてきた。

振《ふ》り返《かえ》ると、司が遠くから走ってくるところだ。

「お待たせ！」

「司先生！」

司は全身びしょぬれで、両手にいのりのキャリーバッグを抱《かか》えている。

それを見たいのりは、安堵《あんど》のあまり足から力が抜《ぬ》け、「わはああ……」と、情《なさ》けない声をあげながら、へにゃ～っとその場にへたり込《こ》んでしまった。

「いのりさん……！」

司はいのりを心配しつつ、「い、今、何番目ですか……」といのりの母に聞いた。

「すぐ行けば間に合います！　でも先生、水浸《みずびた》しじゃないですか！　何があったんです？」

「これ汗《あせ》です」

司がにこっとして答えると、いのりの母は「汗で⁉」と目を剝《む》いてしまった。

水浸しだと勘違《かんちが》いされるくらいに汗だくになるまで、司は全力で走ってくれたのだ。

キャリーバッグをぱかっと開けると、そこにはいのりのスケート靴《ぐつ》がしっかり入っていた。

いのりは、「やったあああああ」と歓声《かんせい》をあげて喜《よろこ》んだ。


1級に出場する選手たちは、みな緊張《きんちょう》した面持《おもも》ちで、自分の出番が来るのを待っていた。

絵馬はコーチの遊大に、自分のコンディションを「たぶんええ感じやと思う……」と伝えた。

「よし、キッチリやって終わらすで」

「うん」

2人のすぐそばでは、美豹が待機している。

美豹は緊張を逃《に》がすように、深くため息をついた。

（優勝《ゆうしょう》なんか絶対《ぜったい》無理って思うとったけど、フィギュアではウチが星羅より上になるんじゃ。ウチの真似《まね》でスピードスケートから転向してきたアイツには負けたくない。ウチが優勝とっちゃるけん……）

美豹は星羅をライバル視《し》しているようだ。

その後ろでは、梨月がイライラと爪《つめ》をかんでいた。

「なんですかあの人、調子乗ったまま本当に高得点《こうとくてん》出しやがって……。絶対塗《ぬ》り替《か》えて、1位から引きずり下ろしてやる……クソッ」

ぶつぶつと毒《どく》づく梨月を、「言葉遣《ことばづか》いが悪いですよ。集中してください」とコーチが注意する。

しかし、中には、あまり緊張《きんちょう》していない選手もいた。頭に赤いリボンをつけた女の子だ。後ろには、先ほどいのりの練習を見ていた、あの眼鏡《めがね》の女性《じょせい》が立っている。

リボンの女の子が、ファ〜、と大きなあくびをすると、眼鏡の女性はビシッと無言の突《つ》っ込《こ》みを入れた。

緊張の度合いはそれぞれだが、とにかく1級の選手たちはみな、準備《じゅんび》を終えて勢《せい》ぞろいしている。

まだ来ていないのは、いのりだけだ。

「いのりちゃんがいてへん……」

絵馬が心配そうにつぶやいたそのとき、遠くからドドドドドドドドド……と足音が聞こえてきた。

「うわああ！」

叫《さけ》びながら必死の形相で飛《と》び込《こ》んできたのは、司といのりだ。

その勢《いきお》いに遊大は「おわあー⁉」と驚《おどろ》いてしまった。

「24番の結束いのりさん……ですね？」

スタッフに確認《かくにん》され、いのりは「は、ハイ……」とうなずく。

「ハア、よかった。本当にギリギリセーフ……」

ほっと胸《むね》をなでおろしている司の背中《せなか》を、遊大がバチィン！と勢いよく叩《たた》いた。

「いで」

「おおおい！なんちゅう綱渡《つなわた》りしとんねん、生徒置いてってお前……！靴《くつ》、腰《こし》にさげて歩けや！あ〜〜っ怖《こわ》かった〜〜っ‼」

遊大は本気で、司といのりのことを心配してくれていたようだ。

司は（た、叩かれた……）と驚きつつ、頭を下げた。

「蛇崩先生……すみません、ご迷惑《めいわく》かけて」

「ええよッ！」

「よかったなぁ、先生……」

絵馬がぼそりと遊大に言う。

遊大があまりに取《と》り乱《みだ》しているので、司は今さらながらに、自分の行動を後悔《こうかい》し始《はじ》めた。

（いのりさんに靴《くつ》を絶対《ぜったい》に履《は》かせたい一心で、自分が走る選択《せんたく》をしたけど……可能性《かのうせい》が低くてもお母さんに頼《たの》むのが、本当は正しかったのかな……。いのりさん1人だったからなんとかなったものの、ヘッドコーチの瞳《ひとみ》先生がいないなか、コーチ不在《ふざい》にして蛇崩先生にフォローをお願いしてしまったのは、これは……マジで責任《せきにん》問題……）

悶々《もんもん》と考える司に、いのりは明るく「先生っ！」と声をかけた。

「靴を取りに行ってくれて、本当にありがとうございました！」

「あっ！　ううん？　全然……。ごめんね……1人きりにして……本当に……」

司がうなだれると、いのりはニッと微笑《びしょう》して、小さくガッツポーズをしてみせた。

「いのりさん……？」

「リラックス、リラックス！　できてます！　司先生が……今までいっぱい励《はげ》ましてくれてたぶんと……持ってきてくれた靴が揃《そろ》ったお陰《かげ》で、ばっちし元気満タンです！」

コーチがいなくても、いのりは自分で自分のメンタルを整え、勝負に臨《のぞ》む準備《じゅんび》をしていたのだ。

『牧山沙織《まきやまさおり》さんの得点《とくてん》……15・78。現在《げんざい》の順位は第2位です』

そんなアナウンスが聞こえてくるなか、いのりは「いってきます！」とアイスリンクに向かっていく。

その姿《すがた》に、司はじーんと感動してしまった。

「い、いのりさん……！　また俺《おれ》が何もしてないのに成長を遂《と》げてる！　目《ま》の当《あ》たりにできなくて悔《くや》しい……ドキュメンタリーで見たい……」

いのりの成長を思うと、司の目からはぶわあっと熱い涙《なみだ》がこぼれたのだった。

score 8

西の強豪《きょうごう》　中編《ちゅうへん》

『第3グループの選手の方は練習を開始してください。練習時間は5分です』

アナウンスが流れると、いのりはスゥッと表情《ひょうじょう》を引《ひ》き締《し》め、シャッと力強く氷の上に滑《すべ》り出《で》た。

直前練習は、競技《きょうぎ》を始める前に氷の上で滑れる、最後の機会だ。

司《つかさ》が届《とど》けてくれたスケート靴《ぐつ》で、バッとジャンプを跳《と》ぶ。

2回転《ダブル》サルコウ、そして2回転《ダブル》ループと、いのりは立て続けに2つのジャンプを成功させた。

司はその様子を見守りながら、（よし！　いい調子！）と大きくうなずいた。

現在《げんざい》の1位は星羅《せいら》で、得点《とくてん》は23・37。2位の牧山《まきやま》の得点が15・78であることを考える

第3グループの選手の方は練習を開始してください
スゥゥ…
カッ
カッ
練習時間は5分です

と、ぶっちぎりの成績《せいせき》だ。

「今、1級どう？　さっちゃん表彰台《ひょうしょうだい》入《い》りできそう？」

「もう無理～、23点出した子がいて……」

「は⁉　すごいね……」

観客席からは、星羅の得点《とくてん》に驚《おどろ》く声が、あちこちから聞こえてくる。

しかし当の星羅は、今は自分の評判《ひょうばん》などあまり気にしていないようで、はぐはぐとおにぎりを食べることに集中していた。

「おにぎり、おいしい！」

うれしそうにピョイーンと席から飛《と》び跳《は》ね、父親に「大人しく食べんか」と注意されてしまう。

そんな星羅の様子を遠くから眺《なが》めながら、観客たちはうわさ話を続けていた。

「あの子、スピードスケートで日本代表だった獅子堂《ししどう》さんの娘《むすめ》さんらしいよ。天才の遺伝子《いでんし》すごいな～」

「これから第3グループだけど、23点超《こ》える子がいるとは思えないな……」

みんな、星羅が優勝《ゆうしょう》すると信じて疑《うたが》っていないようだ。

そんななか、1人、眉間《みけん》にしわを寄《よ》せて観客席に座《すわ》る人影《ひとかげ》があった。

白髪頭《しらがあたま》の、人のよさそうなおじいさんだ。

そこへいのりの母が来て、「あの〜……」とおじいさんに声をかけた。

「もしかして、大須《おおす》リンクの受付の……？」

「……！　こんにちは……」

おじいさんは名前を瀬古間《せこま》といい、いつもいのりが練習をしている大須スケートリンクで受付をしているのだった。

瀬古間が会釈《えしゃく》をすると、いのりの母は「やっぱり！」と、手を口元に当てた。

「実叶《みか》といのりと、昔、仲良くしてくださってましたよね……。お世話になります！　今日はどうしてこちらに……？」

瀬古間は迷《まよ》った。

瀬古間には、ミミズと引《ひ》き換《か》えに、いのりをスケートリンクへ無賃入場《むちんにゅうじょう》させていた過去《かこ》がある。保護者《ほごしゃ》である両親に無断《むだん》で、勝手なことをしていたのがばれたらマズイ。

しかし、下手な嘘《うそ》をつくわけにもいかない。

「……今日はいのりちゃんに、この大会に出ると教えてもらったので……」

瀬古間が正直にそう答えると、いのりの母は「……え!?」と目を丸くした。

「そんな……応援《おうえん》のためだけにわざわざ京都《きょうと》まで……？」

（いのりをこんなに大事にしてくれる人がいたんだ……）

感激《かんげき》のあまり、瀬古間への好感度メーターが、一気にマックスまで上がっていく。

「と、隣《となり》、座《すわ》っても……？」

そう聞くと、瀬古間は「え？」と驚《おどろ》きつつも、「ど、どうぞ」と端《はし》に避《よ》けてスペースを空けてくれた。


やがて5分が過《す》ぎ、直前練習は終了《しゅうりょう》した。

『練習時間終了です。選手の方はリンクサイドにお上がりください』

アナウンスが流れ、選手たちは続々と氷の上から引きあげていく。

しかし、1人の選手だけは、アイスリンクの上に残っていた。

鬼寅《きとら》カンナ。身長が低く、どっしりとした骨太《ほねぶと》の体型《たいけい》の選手で、福岡《ふくおか》パークＦＳＣ《フィギュアスケートクラブ》に所属《しょぞく》している。リンクサイドでは、あの眼鏡《めがね》の女性《じょせい》がカンナを見守っていた。

「ねえママ～。あの子、上がってくださいって言われたのに、中にいていいの？」

「すぐ始まるから、1番目の滑走《かっそう》の子は中に残ってないといけないの」

「へえ～」

観客席の親子が、そんな会話をするなか、カンナは落ち着いて氷の上に立ち、自分の名前が呼《よ》ばれるのを待っていた。

『17番、鬼寅カンナさん、福岡パークＦＳＣ』

音楽が流れ、演技《えんぎ》が始まる。

軽快《けいかい》な音楽に合わせ、カンナはひょこひょことした振《ふ》り付《つ》けで踊《おど》り始《はじ》めた。動きは拙《つたな》いが、それがかえって、ひよこのような愛らしさを見せている。

そして、シゴーッと氷の上を滑《すべ》り――。

タンッ。

ポーン！

1回転《シングル》ルッツと2回転《ダブル》トウループのコンビネーションジャンプを成功させた。

「星羅ちゃんがやってた、1回転《シングル》ルッツ＋2回転《ダブル》トウループだ！」

いのりは思わず叫《さけ》び、（ていうか……ジャンプ高《たっか》……！　ミケちゃんのより高い……！）と目を見張《みは》った。

司も（第2ジャンプのほうが高い……）と驚《おどろ》いている。

連続でジャンプを跳《と》ぶ場合、2回目のジャンプは助走ができないので、1回目のジャンプより高さが低くなるのが普通《ふつう》だ。それなのに、カンナのジャンプは、2回目のほうが高さが出ている。足の筋力《きんりょく》が相当強いのだろう。

その証拠《しょうこ》に、カンナがトウループを跳《と》んだ氷の上には、大きな穴《あな》が空いている。トウループは、刃《エッジ》の爪先《つまさき》を氷に突《つ》いて跳び上がるジャンプの1つなので、氷を傷《きず》つけてしまいがちなのだ。

「あそこ避《さ》けないと、絶対転《ぜったい》ぶな……」

司がつぶやき、いのりは（ちっさいのに怪力《かいりき》だ……）と感心した。

カンナはその後も力強い滑《すべ》りを続け、単独《たんどく》の2回転《ダブル》トウループを成功させた。

ドゴォッ！

ジャンプを跳ぶたびに、氷に大きな穴を空けるカンナの姿《すがた》に、福岡パークＦＳＣの指導者《しどうしゃ》たちは苦い顔だ。

「またあんなに強く打ちつけて……足を痛《いた》める……。コーチからもちゃんと言ってください……」

眼鏡《めがね》の女性《じょせい》に言われ、そばに立っていた男性が「はい……」とうなずく。

その会話を聞いていた司は、「あの人、コーチじゃないのか……」と意外そうに眼鏡の女性を見た。

てっきりあの眼鏡の女性がカンナのコーチなのかと思っていたが、そうではないらしい。ということは、おそらく彼女《かのじょ》はトレーナーなのだろう。

(クラブでトレーナーを雇《やと》っているところもあるんだ……)


カンナは演技《えんぎ》を終え、リンクサイドに戻《もど》ってきた。

パチパチパチ……パチパチパチ……。

拍手《はくしゅ》が会場に響《ひび》くなか、ジャッジたちは冷静な視線《しせん》をカンナに送っていた。

(小学2年生か。力任《ちからまか》せな跳《と》び方《かた》はよくないが……いい高さだ)

(再来年《さらいねん》には、ノービスBに出場しているだろうな……。これからが楽しみだ)

カンナは、ジャッジが期待をかけるほどの実力者だ。その点数は、みんなの予想をはるかに上回るものだった。

『鬼寅さんの得点《とくてん》……23・03。現在《げんざい》の順位は第2位です』

発表された途端《とたん》、カンナは「お〜」とマイペースな声をあげ、コーチは「よし!」と満足げな笑《え》みを浮《う》かべた。

「え!? また20点超《ご》え!?」

「1級すごいな、今年……。昨年は優勝《ゆうしょう》した子17点だったよね」

観客たちも顔を見合わせて、星羅に続いてカンナまで23点を超《こ》える得点《とくてん》を出したことに驚《おどろ》いている。

いのりも「23……?」と目をしばたたいていたが、司に背後《はいご》から「いのりさん、集中集中! 準備《じゅんび》始めよう」と声をかけられると、すぐに気持ちを切《き》り替《か》えた。

「はっ……はい……!」

返事をしながら、司のほうを向こうと、後ろを振《ふ》り返《かえ》る。

するとそこには梨月《りつき》がいて、ゴチンッと頭をぶつけてしまった。

「「あだっ!」」

梨月は、ぶつかった相手がいのりだと気づくと、「またあなたですか……」と怒《いか》りの表情《ひょうじょう》を浮《う》かべた。

「すみません、すみません!」

いのりはすっかり平謝《ひらあやま》りだ。見かねた梨月のコーチが、「梨月さん、やめなさい……」とたしなめた。

「わざとじゃないってわかるでしょうが……。落ち着きがありませんよ……」

「大丈夫《だいじょうぶ》です!」

きっぱりと言うと、梨月はきゅっと表情を引《ひ》き締《し》めた。

「こんな空気にのまれません……。冷静さが私《わたし》の強みですから……」

『19番、小熊《こぐま》梨月さん。岡山《おかやま》ティナFSC』

梨月は、本人が自覚しているように、冷静で落ち着いた滑《すべ》りが持ち味のスケーターだ。

音楽が始まると、危《あぶ》なげなく滑り出し、

「1つ目のジャンプ、いくぞ……」

と、頭の中で手順を確認《かくにん》しながら落ち着いてジャンプを跳《と》んだ。

挑《いど》むは2回転《ダブル》サルコウと1回転《シングル》アクセルの、コンビネーションジャンプだ。

シャッ。

しっかりと2回転《ダブル》サルコウを跳んだが、着地のときに、氷の穴《あな》にスケート靴《ぐつ》がはまってしまう。

(トウジャンプの穴……！)

なんとか転ばずに持ちこたえたものの、1回転《シングル》アクセルを跳ぶことはできなかった。

(クソッ……！　単独《たんどく》になった！)

見ている観客たちの多くは、連続ジャンプが単独になってしまったことに気づかず、「今のジャンプ勢《いきお》いあったね〜」などと感心している。一方で、いのりの母は、（もしかして連続ジャンプの予定だったんじゃ……）と異変《いへん》に気づいていた。

予想外のアクシデントだが、梨月は冷静だ。

（落ち着け……大丈夫《だいじょうぶ》。次のジャンプ、変更《へんこう》する……）

選択肢《せんたくし》は、2回転《ダブル》トウループと1回転《シングル》アクセルの組み合わせか、2回転《ダブル》ループと1回転《シングル》アクセルの組み合わせだ。

（成功率《せいこうりつ》が高いのは……2回転《ダブル》ループは単独《たんどく》でしっかり！　ループより失敗しにくい2回転《ダブル》トウループに、1回転《シングル》アクセルをつけてやり直す！）

瞬時《しゅんじ》に判断《はんだん》し、シャッとジャンプを跳《と》ぶ。

2回転《ダブル》ループの単独ジャンプ。

そして、2回転《ダブル》トウループと1回転《シングル》アクセルの、コンビネーションジャンプ。

梨月はどちらもしっかり成功させ、着氷した。

（よし！　リカバリー成功！）

氷の穴《あな》にスケート靴《ぐつ》がはまるという不運なミスをしっかり取り返し、梨月は冷静なまま演技《えんぎ》を終えた。

その姿《すがた》に、コーチは（落ち着いて対処《たいしょ》できましたね……）と心の中で称賛《しょうさん》し、拍手《はくしゅ》を送った。すでに演技《えんぎ》を終えたカンナも、梨月の姿《すがた》に「お〜」と感心している。

『小熊さんの得点《とくてん》……23・28。現在《げんざい》の順位は第2位です』

梨月の得点が発表されると、観客席がザワッとどよめいた。

「また23点⁉　3人目だ！」

「去年うちの子が出たとき、こんなにすごくなかったよね？」

1級が思わぬハイレベルな戦いになったことで、みんな驚《おどろ》いているようだ。

カンナも「抜《ぬ》かされた……」と地味にショックを受けていた。

1位はいまだ星羅だが、梨月やカンナとの点差はわずかだ。控《ひか》え室《しつ》にいた星羅は感動して
「うおおおおお！」と叫《さけ》び、

「みんなウチのことめっちゃ追いかけてくる〜！」

と、予想外の熱い展開《てんかい》に、テンションを上げていた。

「これからウチを抜かせるやつ出てくるんか？　ぶち上がってきたわぁ‼」

（なんか今、星羅がむかつくこと言うとる気がする……）

美豹《みいひ》は嫌《いや》な予感をおぼえ、深呼吸《しんこきゅう》をして自分の気持ちを落ち着けた。

スー……ハー……。

「広島《ひろしま》って1位の子と同じクラブの子か……」

観客席の誰《だれ》かがつぶやく声が聞こえた。

同じクラブということもあって、先に滑《すべ》った星羅と比較《ひかく》されるのは仕方がないことだ。でも美豹はもちろん、星羅の点数を超《こ》えるつもりでここに立っている。

『20番、黒澤《くろさわ》美豹さん。スター広島《ひろしま》FSC』

名前を呼《よ》ばれ、音楽が流れると、美豹は気合たっぷりに滑り始めた。

（星羅には負けん……！　ウチのほうがフィギュアスケート好きなんじゃや！）

観客の視線《しせん》が彼女《かのじょ》に集中するなか、美豹は完璧《かんぺき》なタイミングで跳《と》び上《あ》がった。

2回転《ダブル》トウループと、1回転《シングル》トウループの、連続ジャンプだ。

「今の連続ジャンプ、上手だったね～」

「すっごいきれいだった！」

美豹の演技《えんぎ》を見ていた、上の級の選手たちが、感心したように顔を見合わせる。

見事にジャンプを跳び終えた美豹は、その勢《いきお》いを保《たも》ったまま、スパイラルのポジションへと移行《いこう》した。

スパイラルとは、フリーレッグを腰《こし》より高く上げ、氷面に対して九十度以上を長く保ちながら、軸足《じくあし》の力だけで氷上を進むフィギュアスケートの代表的な技《わざ》だ。保《たも》ち続《つづ》けることが難《むずか》しい不安定な姿勢《しせい》だが、足元がぐらぐらして体重を乗せる位置が変わってしまうと、スピードがなくなり停止《ていし》してしまう。バランス感覚と柔軟性《じゅうなんせい》が求められるこの技を、美豹がごく自然にやってのけたので、ジャッジたちは（1級でこの完成度のスパイラル!?）と驚《おどろ》いた。

「1級なのにあんなきれいにスパイラルできるんだ……」

「すご～い……ウチも試合でやりたいなあ。あれできたら、フィギュアやってるって感じ出るよね」

「体が柔《やわ》らかいね～！」

美豹は、スムーズに、優雅《ゆうが》にスパイラルを披露《ひろう》する。

傍目《はため》には余裕《よゆう》たっぷりに見えるが、実は内心では、体勢を維持《いじ》するのに必死になっていた。

（足上げるのキッツい……）

足の筋肉《きんにく》がプルプル震《ふる》えそうになるのを、一生懸命《いっしょうけんめい》に耐《た》える。

（重心は後ろ……！　足は絶対《ぜったい》に揺《ゆ》らさん……！　星羅はジャンプばっかり見ちょるけど、ウチがフィギュアスケートで一番好きなのはスパイラルなんじゃ……。これがウチのスケートじゃ！）

1級のプログラムでは、スパイラルを要素《エレメンツ》として採点《さいてん》することはないが、表現力《ひょうげんりょく》やスケーティングスキルとして演技構成点《えんぎこうせいてん》での加点対象《たいしょう》になる。

美豹は最後の一瞬《いっしゅん》まで力強さと美しさを維持《いじ》し、演技を完璧《かんぺき》に締《し》めくくった。

「この子、すごいうまいね～！」

「滑《なめ》らかできれいだなぁ～」

リンクの周囲《しゅうい》から観客たちの声があがる。

星羅も「おぉ～！　やっぱ美豹はスゲ～なぁ！」とうれしそうだ。

ほどなくして、アナウンスが会場に響《ひび》き渡《わた》り、美豹の得点《とくてん》を告《つ》げた。

『──黒澤美豹さんの得点……23・34。現在《げんざい》の順位は2位です』

「おいおい。もう1人、23点出たぞ……」

「2級のトップくらいの争いになってるじゃん」

23点超《ご》えの高得点が続発する事態《じたい》に、会場がまたザワめきに包まれる。

しかし当の美豹は「は!?」と叫《さけ》び、ガクンとその場に膝《ひざ》をついてしまった。

「0・03の差で2位……？　0・03差で？」

現在1位の星羅が23・37点、2位の美豹が23・34点。

僅《わず》か0・03点差で、美豹は2位に留《とど》まってしまったのだ。

「ウソォ～～……」

「次があるから……」

ガックリする美豹を、コーチが苦笑いで励《はげ》ました。


いのりの母は、観客席にだまって座《すわ》りながら、今回の大会のレベルの高さを痛感《つうかん》していた。

演技《えんぎ》が拙《つたな》くても、ジャンプの構成力《こうせいりょく》で高得点《こうとくてん》を取ったカンナ。

アクシデントがあっても、冷静に得点を取り返した梨月。

柔軟性《じゅうなんせい》を駆使《くし》して、演技構成点を上げてきた美豹。

この3人の選手と、そして現在《げんざい》1位の星羅によって、23点の高い壁《かべ》ができている。

いのりの母は、自分の娘《むすめ》がこれから直面するであろう困難《こんなん》を思い、心配そうに目を細めた。

(いのり……表彰台《ひょうしょうだい》目指して、やっと準備《じゅんび》した2回転だったのに。こんなに跳《と》べる子が他にもいたら、必殺技《ひっさつわざ》みたいには使えない……)


リンクの端《はし》で、いのりはきゅっとスケート靴《ぐつ》の紐《ひも》を結んでいた。

最後に軽く引《ひ》っ張《ぱ》り、ゆるみがないことを確認《かくにん》する。

「よし。靴紐《くつひも》チェック、オッケー……」

つぶやくと、リンクサイドに立つコーチの司に向かって顔を上げた。

「スケート靴が履《は》けることが、今すごくうれしいです……」

「よかったね……いのりさん……」

しみじみと喜《よろこ》びをかみしめるいのりの姿《すがた》に、司までホロリとしてしまう。

この笑顔《えがお》が守れただけでも、駅までの往復《おうふく》を走った甲斐《かい》があったというものだ。

無事にスケート靴が戻《もど》ってきたこともあり、いのりは今日、これまでで一番落ち着いているように見えた。

(これでちゃんと、いつもどおりの演技《えんぎ》ができれば……)

優勝《ゆうしょう》は十分にあり得《え》るはず……と司が考えていると、いのりがシャッと氷を蹴《け》って司の前へと来た。そして、心を落ち着けるためのいつもの儀式《ぎしき》で、司のパーカーの紐をにぎにぎと引《ひ》っ張《ぱ》りながら、不安そうな表情《ひょうじょう》で聞く。

「司先生……。もしかしたら……わたし……連続ジャンプに2回転入れたほうがいいんでしょうか……? 23点出してる子、みんな入れてるし……わたしもがんばれるなら……そのほうが……」

いのりの不安を取《と》り除《のぞ》くため、司はすぐさま言った。

「いのりさん。高得点《こうとくてん》のジャンプに変更《へんこう》しないのは、いのりさんが失敗しそうだからじゃなくて、今のジャンプの出来栄《できば》えをよくしたほうが、挑戦《ちょうせん》するより点数が上がるからなんだ」

司はすっと2本の指を立てた。

「正しいエッジの踏《ふ》み切《き》り。踏み切りから着氷後の流れ。いのりさんはこの2つをきちんと意識《いしき》すれば加点がもらえる。今のいのりさんなら、目標どおりノーミスでできるよ。落ち着いて優勝《ゆうしょう》を勝ち取ろう」

そう断言《だんげん》する司の表情《ひょうじょう》に、いのりははっとした。

(司先生……本当に勝てると思っている顔だ)

司の言葉は信頼《しんらい》できる。いのりは小さく息を吸《す》い、はい、と力強くうなずいた。

『24番、結束《ゆいつか》いのりさん。ルクス東山《ひがしやま》ＦＳＣ』

アナウンスが、いのりの名前を呼《よ》ぶ。

「さあいこう！」

「はい！」

司の言葉に背中《せなか》を押《お》され、いのりはアイスリンクの中央へと向かって滑《すべ》り出《だ》した。

その背中を見送り、司はふと自分のパーカーの紐《ひも》に目を落とした。すると、胸《むね》に垂《た》れた2本の紐は、いつの間にかリボンの形にかわいく結ばれている。

（……あれっ、いつの間にか蝶々結《ちょうちょうむす》びにされてる……！）

シャッ！

軽《かろ》やかな音を立てて、いのりは立ち位置へと向かった。

（今のわたしにできる最高のことをやる。先生が取ってきてくれたこの靴《くつ》で……！）

決意とともに、スケート靴を履《は》いた足にグッと力を入れる。

すると次の瞬間《しゅんかん》、ビュンッと音を立てて急にスピードが上がった。

驚《おどろ》いたいのりは、バランスを崩《くず》し、ドシン！　と派手《はで》にしりもちをついてしまう。

「え？　転ん……？」

いのりは混乱《こんらん》して、周りをキョロキョロと見回しながらも、なんとか立ち上がった。

今の転倒《てんとう》によって、もしかして減点《げんてん》されてしまっただろうかと疑問《ぎもん》がよぎる。

そのとき、リンクサイドから司の声が響《ひび》いた。

「いのりさん！　まだ始まってないから大丈夫《だいじょうぶ》！　急いで立ち位置に……！」

「ヒャい!!」

演技《えんぎ》を開始する前に転倒しても採点《さいてん》には関係ないが、名前を呼《よ》ばれて30秒以内に演技を開始しなければ減点《げんてん》されてしまう。

いのりは気持ちを立て直し、大急ぎで立ち位置へと向かった。

観客席から見守っていたいのりの母と瀬古間は、（寿命《じゅみょう》が縮《ちぢ》んだ……）（寿命使い切るところだった……）と、それぞれに冷《ひ》や汗《あせ》をぬぐっている。

あせったのは司も同じで、「5分間練習では転ばなかったのに……」とハラハラしながら小さくつぶやいた。

今の転倒《てんとう》で、いのりは少なからず動揺《どうよう》してしまったかもしれない。気持ちを乱《みだ》せば、それは演技《えんぎ》にも表れてしまう。

（今回は、転倒なし、お手つきなしのノーミスの演技が優勝《ゆうしょう》の絶対条件《ぜったいじょうけん》！　さっきの転倒からうまく切《き》り替《か》えてくれ……！）


いのりは滑《すべ》りながら、さっきの出来事を思い返して不思議に感じていた。

（今すごくスピードが出た……。なんだったんだろう……）

スピードが出たのは、司が持ってきてくれたスケート靴《ぐつ》のことを考えた瞬間《しゅんかん》だ。

（靴のことをすごく意識《いしき》してたんだ。それと姿勢《しせい》をきれいにして、しっかり踏《ふ》もうとした……。あれ……？　これって司先生がいつも言ってくれてることだな……）

さっきの位置にもう一度重心を置ければ、もっと速いスピードで滑《すべ》れるのかもしれない。

頭の中でそう思いつつ、いのりは静かに、立ち位置で静止した。

音楽が流れ、演技《えんぎ》が始まる。

滑《なめ》らかで美しい振《ふ》り付《つ》けとともに、いのりは氷の上で踊《おど》り始《はじ》めた。

観客の目が、たちまちいのりに釘付《くぎづ》けになる。

（一番初めのジャンプ……）

いのりは心の中でつぶやきながら、シゴーッと軽く滑り出し、グッと足を踏《ふ》み込《こ》んで勢《いきお》いをつけた。

（1回転《シングル》アクセル！）

空中で回転し、見事に着氷する。

司は（よし！　力みがなくていい着氷だ！）と、内心でガッツポーズをした。

いのりは演技を続けながら、次の動きを考えている。頭の中にあるのは、演技の前、転倒《てんとう》する直前に出たスピードのことだ。

（さっきのあのスピード……あのスピードをもう一度うまく出したい……。さっき、どうやって押《お》した……？）

あのときの感覚を思い出しながら、姿勢《しせい》を正し、スケート靴《ぐつ》に体重を乗せる。すると思ったとおり、ビュン！　とスピードが上がった。

「いのりさん、いつもよりスケーティングが伸《の》びてる……！　重心の置き方が変わった……？」

大会の最中でも成長するいのりの姿《すがた》に、司は目を見張《みは》った。

いのりは、今までと違《ちが》う重心の置き方にすぐに慣《な》れ、自信に変えていた。

（よし……！　この勢《いきお》いのまま……！）

次に挑《いど》むのは今回の新技《しんわざ》、2回転《ダブル》サルコウだ。

氷の上から跳《と》び立《た》ちながら、いのりは頭の中で、司が教えてくれた加点ポイントを意識《いしき》した。

正しいエッジでの踏《ふ》み切《き》りと、踏み切りから着氷後までの流れ。

その両方を見事にこなし、氷の上へと舞《ま》い降《お》りた。

初めて披露《ひろう》した2回転ジャンプは、大成功。

「よし！　完璧《かんぺき》！」

司はガッツポーズを決め、いのりの母も観客席で「やった〜〜!!!」と歓喜《かんき》の声をあげた。

その隣《となり》で瀬古間も、一生懸命《いっしょうけんめい》に拍手《はくしゅ》をしながら（よし！）とうなずいている。

「わあ、また2回転跳《と》んでる～！」

「これで5人目？　すごいなあ今年……」

いのりまでもが2回転ジャンプを跳んだことに、観客たちは驚《おどろ》きを隠《かく》せない。星羅と美豹も、

「へー！　あのちびっこも跳べるんや！」

「今の上手やったな……」

と、いのりに感心していた。


（コツがわかってきたぞ……）

2回転ジャンプを成功させたことで、いのりはさらに確信《かくしん》を深めていた。

（転ばないように体の中心でバランスをとっちゃってた分を、滑《すべ》ってる側の足にしっかり体重を乗せると、スケート靴《ぐつ》が速く滑る……）

どうすればスピードが出るのかは、よくわかった。

そして、もう1つ、同時に理解《りかい》したことがある。

（これ……すっごい疲《つか》れる……！）

そう。速く滑《すべ》るためには、大変な筋力《きんりょく》を使うのだ。

いのりはピキピキと腿《もも》の筋肉が震《ふる》えるのを感じた。

（足の筋肉がパンパンだよ……。わたし、今まで、結構《けっこう》楽して滑ってたんだ……。でもいつもよりスルスル進む気がする！　このまま滑り続けるんだ！）

次は、たい焼きにのせた2つ目のいちご。

先ほどの2回転《ダブル》サルコウに加え、今日の主役になるもう1つのジャンプだ。

（踏《ふ》み切《き》りしっかり……）

自分に言い聞かせ、準備《じゅんび》を整える。

そして、力強く足を踏《ふ》み込《こ》み、空中へと舞《ま》い上《あ》がった。

（2回転《ダブル》ループ！）

シャッ！

氷上に軽《かろ》やかな音が響《ひび》き、いのりは空中で2回転を見事に決めた。

（チェックもしっかり！）

ズンッ！

着地の瞬間《しゅんかん》、足に大きな負担《ふたん》がかかる。

（2回転……！　降《お》りるとき、体が重い……っ！）

いのりは全身の筋肉《きんにく》を使い、重力に逆《さか》らって姿勢《しせい》を美しく保《たも》った。

完璧《かんぺき》な着氷を見せ、滑《なめ》らかに、次の動きへと移行《いこう》する。


（よし……！　しっかり腕《うで》も足もきれいに伸《の》びてて偉《えら》い……！）

いのりのジャンプの出来栄《できば》えに、司は惜《お》しみない拍手《はくしゅ》を送った。

観客たちも、前のめりになって、いのりの演技《えんぎ》に見入っている。

「また2回転跳《と》んだ！」

「この子も23点いけるんじゃ？」

瀬古間は、だまっていのりの演技を見守りながら、感慨深《かんがいぶか》げに目を細めた。

（あの、氷の上で歩くのも必死だった小さな子が、今はあんなに広い氷の上で、たった1人で力強く踊《おど》ってる。いのりちゃんは『普通《ふつう》の女の子』から、ずっと憧《あこが》れていたフィギュアスケートの選手になれたんだな……）

いのりに、最初にスケートを教えたのは、瀬古間だった。

入場料を持っていなかったいのりを、鳥の餌《えさ》になるミミズと引《ひ》き換《か》えにこっそりとスケートリンクに入場させ、滑《すべ》り方《かた》を教えてあげたのだ。

（……そういえば、昔……）

いのりはリンクの上を滑りながら、ふと昔のことを思い出していた。

彼女《かのじょ》がまだ7歳《さい》のころ、瀬古間にスケートの基本《きほん》を教えてもらっていた日のことだ。

「セコマさん……。後ろ向きに行きたいのに、前に進むの……」

いのりは困惑《こんわく》しながら、瀬古間に相談していた。

後ろ向きに進みたいのに、立っているだけでなぜかツツ～～と自然に前に進んでしまうのだ。

瀬古間は、いのりの足の、つま先のあたりを指さした。

「足のこのへんに、力を入れてごらん」

「ここ？」といのりは足を少し動かしてみた。

「歩かないで。『気をつけ』の姿勢《しせい》のまま、力を入れて」

言われたとおりに足に力を入れると、突然《とつぜん》後ろ向きに滑り出した。

「わ……！　後ろ向きに勝手に動いた！　不思議!!　なんでなんで？」

いのりの疑問《ぎもん》に、瀬古間は「わかんない」と首を振《ふ》っていた。原理はわからないが、とにかくこうすると後ろ向きに進む。そういうものらしい。

あのときの不思議な感覚を、いのりは久《ひさ》しぶりに思い出していた。

(そうだ……。初めてバックができたときも、バッジテストのハーフサークルができたときも……重心を正しい位置に乗せるだけで、自然に動いた)

練習のときに司が言っていた言葉が、改めて頭によみがえる。

――立ち止まらずに前に進むためには、強い押《お》し出《だ》しは必要ない。正しい位置に体重を乗せ続けることがポイントだ。それだけで氷とブレードが勝手に体を運んでくれる。美しい姿勢《しせい》のまま、一番スピードの出る自分だけの重心の一点を探《さが》して、何度も練習を重ねて、ずっと磨《みが》き続《つづ》けていくものなんだ。

(一点ってこういうことか……！)

司の教えてくれたことが、ようやくいのりの腑《ふ》に落ちた。

(司先生がずっと教えてくれてたことって、こうやって、押すとよく進む場所を細かく探すことだったんだ！)

いのりは、足元のスケート靴《ぐつ》に意識《いしき》を向け、電車に置きっぱなしにしてごめんね、と謝《あやま》った。

(今、しっかりわかった気がする……。スケート靴《ぐつ》が私《わたし》を強くしてくれるんだ……)


タン。シャッ。

バッ！

いのりは力強く踏《ふ》み切《き》り、1回転《シングル》ルッツと1回転《シングル》アクセルの連続ジャンプも成功させた。

司はいのりの演技《えんぎ》を、集中して見守っていた。

(今回の一番の挑戦《ちょうせん》だった2回転、2つとも最高の出来……。そして今ので、全てのジャンプを跳《と》び終《お》わった。次は1級から追加されたエレメンツ、ステップシークエンス……。これも俺《おれ》たちが誇《ほこ》れる強い武器《ぶき》だ。ステップを見せるこのエレメンツは、たい焼き作戦でスケーティングをたくさん練習してきたいのりさんの新たな得点源《とくてんげん》！　ここで加点をもらって差をつけるんだ！)

今日のいのりなら、きっとやりきれる。

そう信じる司だが、次の瞬間《しゅんかん》、いのりに異変《いへん》が起きていることに気が付いた。

滑《すべ》りながら、ハァハァと息を切らしているのだ。

(疲《つか》れてきてる……！　使《つか》い慣《な》れていない筋肉《きんにく》の疲労《ひろう》か？　スケート靴の件《けん》で、緊張《きんちょう》したぶんのストレスもきているはずだ……）

いのりの動きが乱《みだ》れ始《はじ》めたことには、もちろんジャッジたちも気づき、（急に上下にガタついてきたな……。体力切れか……？）と注意して見守っていた。

司は祈《いの》るように両手を組み、内心でいのりに声援《せいえん》を送った。

（がんばれ、いのりさん……どうか転ばずに耐《た》えてくれ……。がんばれ……がんばれ！）

いのりは疲労《ひろう》を感じながらも、リンクの上を滑《すべ》り続《つづ》けた。

（筋《きん》トレ不足だ……。足に力を入れすぎて、動かなくなってきた……。体がぐらぐら動いて、クロスがしっかり踏《ふ》めない）

このままでは、ステップシークエンスで失敗してしまうかもしれない。

いのりの心を、不安がよぎる。疲労で重くなった体を必死に動かしながら、いのりは（雑《ざつ》になっちゃダメだ……！）と自分に言い聞かせた。

（ゆっくり、しっかり……先生みたいに！）

頭に思《おも》い浮《う》かぶのは、いつもお手本を見せてくれる司の姿《すがた》。

その動きを真似《まね》しようと意識《いしき》すると、自然に動きがスムーズになった。

体の緊張《きんちょう》が解《と》け、バタバタと乱《みだ》れていた動きが、ゆったりと美しい動作へと、変化していく。

(司先生が踊《おど》ってくれたときから……指先が目に残ってきれいなのはなんでだろうって、ずっと考えてた。最初は魔法《まほう》みたいで不思議って思っていたけれども、よく見たら、一番ゆっくり動いているものが目に残るんだ。だから腕《うで》を振《ふ》るとき……手の先から動かすんじゃなくて、肩《かた》から動かして最後に手を動かすようにすれば……司先生みたいな、きれいな動きになるんだ)

司の動きをイメージして、腕を大きく動かし、いのりは丁寧《ていねい》な滑《すべ》りを続けた。

先ほどまでのぐらつきが収《おさ》まり、振り付けの印象《いんしょう》もより優雅《ゆうが》になっている。

ジャッジたちは、「お……?」といのりの変化に気づいて、表情《ひょうじょう》を変えた。

美豹も、「わあ……あの子、きれいに滑るねえ」と見とれているようだ。

「そうかあ? ジャンプ以外は、凄《すご》さがわからん……」

きょとんとしている星羅に、美豹は「星羅の何倍も上手じゃけえ」と容赦《ようしゃ》なく告《つ》げた。

美豹の言うとおり、いのりの滑りはとてもきれいで、特にステップシークエンスはダントツだった。他の選手と比《くら》べエッジの使い方が格段《かくだん》に細やかで、上半身の動きもよく、全身を大きく使えている。

遊大《ゆうだい》も、いのりの演技《えんぎ》に驚《おどろ》き、(いやあ、4か月でこれはやっぱぽうまいな、いのりちゃん……）と感心していた。

（しかも前よりうまくなってないか？　ほんま、司先生にどんな練習してるか聞こう……）

いのりは疲労《ひろう》を忘《わす》れ、ステップシークエンスを続けていた。

（きれいなスケートは、ゆっくりな動きとはやい動きが同じくらいあって、ゆっくりができるには、じっとするための強い力が必要なんだ。わたしはそのための筋肉《きんにく》が、全然足りないけど……これから今より上手になれるってことだ……！）

足の筋肉は限界《げんかい》に近づいている。

それでもいのりは、希望を感じながら、素晴《すば》らしい出来栄《できば》えでステップシークエンスを終えた。

演技《えんぎ》が終わるまで、あともう一踏《ひとふ》ん張《ば》り。

司がリンクサイドから視線《しせん》を送るなか、いのりは最後の技《わざ》に向けて力を振《ふ》り絞《しぼ》った。

（ラストォ！）

フライングシットスピン。

名港杯《めいこうはい》でも披露《ひろう》した、いのりの得意技《とくいわざ》だ。

フワッ。

いのりは軽《かろ》やかに跳《と》び上《あ》がり、空中でシットスピンの体勢《たいせい》に移行《いこう》した。

「お！　跳んだ!!」

星羅が驚《おどろ》きの声をあげ、ジャッジたちも（この子もフライングシットスピンができるのか……）と目を見張《みは》る。

カッ。

いのりは完璧《かんぺき》なタイミングで着氷し、そのまま回転を続けた。

シュルルルルルルルルル――。

回転が続くなか、バランスを保《たも》とうと集中する。

（外側に振《ふ》り回《まわ》されそう……我慢《がまん》……我慢……！　我慢……！）

体をコントロールし、回転を安定させながら、次の動作へと移《うつ》った。

フワッ。

回転軸《かいてんじく》ではないほうの足を横に伸《の》ばし、左腕《ひだりうで》を広げて後ろにひねらせて、上半身も大きく反らせた。

名港杯のときからさらに進化した、いのりの新しいフライングシットスピンの姿勢《しせい》だ。

（先生と一緒《いっしょ》に作り上げた、難《むずか》しい形のブロークンレッグ！）

星羅は驚愕《きょうがく》し、「うおおーっ⁉」と色めき立った。

「なんだあれ⁉　どうやっとるん？　すっげえ、あのチビ！」

ジャッジも（きれいな姿勢《しせい》……！）と驚《おどろ》いている。

フライングシットスピンを終え、全てのエレメンツを終了《しゅうりょう》すると、司は喜《よろこ》びを爆発《ばくはつ》させた。

（全てのエレメンツ終了！　ノーミスでやり遂《と》げた！　完璧《かんぺき》だ！）

音楽の終わりとともに、いのりが最後の決めポーズをとる。

「よっしゃあああ！」

司は歓声《かんせい》をあげ、リンクサイドで拳《こぶし》を突《つ》き上《あ》げた。

観客席からも大きな拍手《はくしゅ》が巻《ま》き起《お》こり、瀬古間さんは感動のあまり席から立ち上がっているほどだ。


いのりは演技《えんぎ》を終えた瞬間《しゅんかん》、息を切らしながらも、手ごたえを感じていた。

疲労感《ひろうかん》のなか、「よし！」と力強くガッツポーズを取り、（終わった……）と心の中で安堵《あんど》の息をつく。

しかし、リンクサイドに戻《もど》ろうとした瞬間、スケート靴《ぐつ》の爪先《つまさき》が氷に引っかかり、バチンと

パチパチパチパチパチパチ
パチパチパチパチ
フ〜〜
終わった…
ほっ
司先生…
ザグッ
京都アイスアリーナ

音を立てて転んでしまった。

「転んじゃった……」

「大丈夫《だいじょうぶ》？」

客席からは、心配そうな声が聞こえてくる。

いのりはふらふらと立ち上がり、司のもとへ向かった。

「いのりさん大丈夫……？」

司に聞かれ、答えようとした瞬間《しゅんかん》、いのりの足に痛《いた》みが走った。

いのりは唇《くちびる》を引き結び、顔をゆがめる。

その瞬間、司の胸《むね》にざわっと不安が広がった。

「あ……先生……すみません……。今、ちょっとだけ足が……」

いのりが、申《もう》し訳《わけ》なさそうに顔を上げる。

「つかまって」

司は短く言うと、ダウンを脱《ぬ》いでいのりをぐるぐる巻《ま》きにして抱《だ》きかかえ、救護室《きゅうごしつ》へと猛《もう》ダッシュで向かった。

『結束さんの得点《とくてん》……24・32。現在《げんざい》の順位は第1位です』

アナウンスが流れ、星羅を抜《ぬ》いていのりが1位に躍《おど》り出《で》たことを告《つ》げる。

しかしその声は、司の耳を素通《すどお》りした。

いのりはもしかして、どこかけがをしてしまったのではないか——そう思うと、司は心配で、いても立ってもいられなかった。

score9

西の強豪《きょうごう》　後編《こうへん》

いのりの属《ぞく》する第3グループの演技《えんぎ》が全て終わり、第4グループの選手の直前練習が始まった。

『第4グループの選手の方は練習を開始してください』

アナウンスを、いのりは救護室《きゅうごしつ》で聞いていた。

待機していた医師《いし》は、いのりの足を確認《かくにん》すると、すぐに包帯で足首を巻《ま》いて固定してくれた。

「捻挫《ねんざ》かと思います。これから腫《は》れが出てくる場合もありますし、歩くと痛《いた》いようなので病院に行ってください」

（よかった、骨折《こっせつ》じゃなさそうで……）

司《つかさ》は、ふーっと一安心して、スマホを出した。

「表彰式《ひょうしょうしき》は欠席しよう。タクシー呼《よ》んですぐ病院に……」

「着替《きが》え持ってきます」

駆《か》けつけたばかりのいのりの母が、あわただしく救護室《きゅうごしつ》を出ていく。

アプリでタクシーを呼《よ》ぼうとする司に、いのりは「待って、先生……」と声をかけた。

「エマちゃんの演技《えんぎ》を見てからでもいいですか……？　自分が何番になったか、見てから帰りたいです……」

「わかった……」

「痛《いた》いところは足首だけですか？」

医師《いし》の質問《しつもん》に、いのりは「はい！」とうなずいた。

「他は大丈夫《だいじょうぶ》です。あとは筋肉痛《きんにくつう》だけです……一昨日《おととい》から、膝《ひざ》から下のとこが痛くて。運動し始めると痛くなくなるんですけど……。早く筋肉つけなきゃ……」

それを聞いた医師は少し表情《ひょうじょう》をくもらせ、司のほうを見ながら言った。

「シンスプリントかもしれませんね」

司はすぐに状況《じょうきょう》を理解《りかい》し、いのりに向かって言った。

「いのりさん、明日《あした》から夏休みが終わるまで、休んだほうがいいかもしれない」

「え……？　お休み……？」

思いがけない提案《ていあん》に、いのりが顔色を変える。

「夏休み、あと1週間しかないのに……。1日中練習ができるのは夏休みの間だけなのに……まだ1級だから急いでがんばらないといけないのに……」

いのりの気持ちが、司には痛《いた》いほどよくわかった。

スケートを始めるのが遅《おそ》かったいのりは、ただでさえ他の子たちより出遅《でおく》れている。少しでも長く、練習時間を確保《かくほ》したいはずだ。

それでも今は、いのりを休ませなければいけない。

司はいのりと目を合わせ、ゆっくりと説明した。

「いのりさん、捻挫《ねんざ》じゃないほうは『シンスプリント』っていうけがの初期症状《しょきしょうじょう》かもしれないんだ」

「シンスプリント？」

「過労《かろう》……つまり『使いすぎ』による故障《こしょう》なんだ。シンスプリントの痛みを放っておくと、疲労骨折《ひろうこっせつ》の原因《げんいん》になる」

骨折と聞いて、いのりが短く息をのむ。

フィギュアスケートをやっていた姉の実叶《みか》が、足を骨折したときのことを思い出す。練習ができなくて落《お》ち込《こ》む姉の、松葉杖《まつばづえ》をついた痛々しい姿《すがた》は、いのりの目に強く焼きついている。

「骨折したら、もっと長い期間、練習ができなくなる……全日本への道の壁《かべ》になる。絶対《ぜったい》に防《ふせ》がないといけない。お休みはサボりじゃなくて、必要な修復《しゅうふく》期間だ。ゆっくり休もう」

しばらく練習ができないのだと思うと、悔《くや》しさとあせりで胸《むね》がいっぱいになる。

しかし司が諭《さと》すように、体を回復《かいふく》させることを今は優先《ゆうせん》させなければいけないのだと、いのりは受け入れざるを得《え》なかった。


いのりは司におんぶされて、アイスリンクの観客席へと足を踏《ふ》み入《い》れた。

第4グループの演技《えんぎ》はすでに終盤《しゅうばん》で、最後の滑走者《かっそうしゃ》である絵馬《えま》の番が近づいていた。

『32番、大和《やまと》絵馬さん。蓮華茶《れんげちゃ》FSC』

アナウンスが絵馬の名前を呼《よ》ぶと、彼女《かのじょ》はシゴーッと氷の上を滑《すべ》り、立ち位置へと向かっていった。

観客席のざわめきが一瞬《いっしゅん》静まり、みんなの視線《しせん》が絵馬へと集中する。

(絵馬で、1級の試合はラスト。がんばれよ……。今日のこの大会で今までを卒業しよう)

遊大《ゆうだい》は真剣《しんけん》な表情《ひょうじょう》で、絵馬に向かって心の中でそう語りかけた。

絵馬は立ち位置で、音楽が流れるのを待ちながら、いのりのことを気にかけていた。

先ほど、廊下《ろうか》で待機していたときに、司に抱《かか》えられ救護室《きゅうごしつ》へ運ばれていくいのりの姿《すがた》を目にしていたのだ。

(いのりちゃん、大丈夫《だいじょうぶ》やろか。抱えて運ばれてはった……。いのりちゃんも、足が痛《いた》くなってはったんかな。うちみたいに……)

絵馬も長い間、けがに悩《なや》まされていた。だから、司に運ばれていたいのりの姿が、どうしても他人事《ひとごと》とは思えない。

そして絵馬は今日、長い間結果を出せずにいた自分から卒業するつもりでいる。

音楽が流れ始めると、絵馬はスッと両手を広げ、踊《おど》りながら滑《すべ》り出《だ》した。

シュルッと大きくターンをして、タッと力強く踏《ふ》み切《き》る。

そして、軽々と2回転《ダブル》ルッツを成功させた。

「絵馬ちゃん……2回転《ダブル》ルッツ……?」

いのりの口から、驚《おどろ》きの声が漏《も》れた。

ルッツジャンプとフリップジャンプは、回転方向とは逆《ぎゃく》の足を使って跳《と》ぶため、非常《ひじょう》に難《なん》易度《いど》が高い。特にルッツは、全てのジャンプの中で2番目に難《むずか》しい技《わざ》とされている。

そんなジャンプを、絵馬はあっさりと成功させてしまったのだ。

「え？　今のルッツじゃった？　めちゃくちゃ簡単《かんたん》そうに跳《と》んでたやんけ」

星羅《せいら》が混乱《こんらん》した表情《ひょうじょう》でつぶやき、美豹《みいひ》や梨月《りつき》は目を丸くしている。

梨月の隣《となり》にいたコーチは、興味深《きょうみぶか》そうな視線《しせん》を絵馬にそそいだ。

（1級で2回転《ダブル》ルッツ……。この子はどんなスケート歴《れき》なんだ……？）


絵馬の演技《えんぎ》を見守りながら、コーチの遊大は、1年前の出来事を思い出していた。

絵馬がまだ小学3年生だった、ある日。

遊大はヘッドコーチの亀金谷《かめがや》から、絵馬に別のFSCを紹介《しょうかい》するよう忠告《ちゅうこく》されたのだ。

「どういうことですか。そんなん、出てけって言うてるのと同じやないですか」

「うちは毎年20人も入ってきて、初級や1級なんか一瞬《いっしゅん》で通過《つうか》してく子供《こども》ばっかや。そん中で絵馬は何年初級やってる？　もうきついけど、意地で音を上げれんようになってるだけやないんか？　このまま見守ってもこっちはかまへん。せやけどな」

コーチは一度、言葉を切り、淡々《たんたん》と続けた。

「あいつこのままやと、スケート嫌《きら》いになるで」

亀金谷の言葉を、遊大は到底《とうてい》受け入れられなかった。

遊大にとって絵馬は、初めて受け持った大切な生徒だ。確《たし》かにバッジテストは、なぜか運悪くけがと重なり、不合格《ふごうかく》が続いてしまっている。でも結果が出ないからといって、長い間続けてきたクラブをやめろなどと言えるはずがない。絵馬はまだ、小学3年生なのだ。

話し合いを終えた遊大は、絵馬の姿《すがた》を捜《さが》した。絵馬は廊下《ろうか》のベンチに座《すわ》り、水筒《すいとう》のお茶を飲んでいた。

「絵馬～。どうや、足、今日は痛《いた》くない？」

「平気や」

と、絵馬は返事をした。無表情《むひょうじょう》な絵馬だが、遊大が話しかけると、どことなくいつもうれしそうだ。

「ちょっと聞きたいことあるんやけど……ってなんや、まだご飯食べてへんの？」

遊大は絵馬の荷物の中に、手のつけられていないおにぎりが2つあるのを見つけて、「早《は》よ食べ！」と促《うなが》した。

「……食べへん」

「は？　なんで」

「ようけ食べるから背《せ》が伸《の》びて、足が痛くなんねや……。スケートできへんくなるんやったら食べへん」

その言葉に遊大は衝撃《しょうげき》を受けた。

体を作る大切な時期にある小学生の子供《こども》が、不自然な食事制限《しょくじせいげん》をするのはあまりにも危険《きけん》だ。毎日絵馬と顔を合わせていたのに、絵馬がここまで思《おも》い悩《なや》んでいることに気づかずにいたことが、遊大は悔《く》やまれてならなかった。

「アホなことせんでええ。お前は芽が出ないだけでちゃんと成長しとる。あせらんでええ。胸《むね》張《は》ってコツコツやっていこう」

遊大は絵馬と目を合わせ、続けてこう約束した。

お前が将来《しょうらい》何メートルになったとしても、俺《おれ》が立派《りっぱ》なスケーターにしてやるから、と。

そしてその約束を叶《かな》えるため、遊大はいっそう熱心に絵馬と向き合った。一刻《いっこく》も早くバッジテストに合格《ごうかく》させたい。そのために最善《さいぜん》を尽《つ》くすと心に決め、1回1回の練習をしっかり管理し、練習をしすぎてしまう前にストップをかけた。

「ジャンプは、そのへんで終わりにしようか〜」

遊大にそう声をかけられると、絵馬は最初のうちは「もう……？」と不満そうにしていた。

「もう足、痛《いた》くなり始めたやろ。何度も言うけどお前の課題は休むことや」

「休む……」

「痛い原因《げんいん》は、成長痛《せいちょうつう》だけやない。陸《りく》練習もやりすぎや。人の倍やりたいなら、そのぶん休んで治さないと、体がボロボロになってくだけなんや」

絵馬は遊大の教えを守り、練習時間を短くして、休憩中《きゅうけいちゅう》や練習後にはしっかりと体をマッサージした。

「この動画のゲーム一緒《いっしょ》にやろー！」

同じFSCの友達からそう誘《さそ》われても、「ごめん、うち、マッサージせなあかんねん……」と断《ことわ》った。それでもしつこく誘う子がいると、鹿本《かもと》すずが飛んできて、「コラァ、絵馬の邪魔《じゃま》すんな〜〜♡」と怒《おこ》ってくれた。

ストレッチや筋《きん》トレ、ジャンプ以外の練習など、絵馬は懸命《けんめい》に経験《けいけん》を重ねた。

その間にも身長は、どんどん伸《の》びた。

体が大きくなり、体重が重くなるほど、ジャンプは跳《と》びにくくなる。

成長痛《せいちょうつう》にも悩《なや》まされ、結果を出せない時期が続いた。

2度目に受けた1級のバッジテストが不合格《ふごうかく》に終わった日、遊大は「調子悪い日に当たってもうたな……」と絵馬を慰《なぐさ》めた。

「大丈夫《だいじょうぶ》……」

絵馬は結果に落《お》ち込《こ》みつつも、気丈《きじょう》にそう答えた。

「ほんまヘタクソで嫌《いや》になるけど、うちの今までのこと、水の泡《あわ》なんかになってへんやろ……。すぐにうまくならへんくても、スケートのことは絶対《ぜったい》に嫌《きら》いにならへん」

いつか努力が実る日が来ると信じ、絵馬はあきらめずに、フィギュアスケートに打ち込み続けたのだ。

そして今、彼女《かのじょ》は大会の大舞台《おおぶたい》で、氷の上に立っている。

2本目のジャンプ、2回転《ダブル》ループ。

そして1回転《シングル》アクセル。

そのどちらも、絵馬は見事に成功させた。その回転は正確《せいかく》で、着氷も余裕《よゆう》たっぷりだ。

いのりは、着実に得点《とくてん》を積み重ねていく絵馬の姿《すがた》を見つめながら、感嘆《かんたん》とともに複雑《ふくざつ》な気持ちを抱《いだ》いていた。

(エマちゃん……。あの日、一緒《いっしょ》に1級を受かったから……どこか近いところにいると思っていた。でも本当は、すごく遠くにいた)

絵馬との距離《きょり》を痛感《つうかん》して、いのりは自分の手のひらをぐっと握《にぎ》りしめた。

(エマちゃんの振《ふ》り付《つ》けもジャンプも、1回で上手になったスケートじゃ絶対ない。上手なところが何個《なんこ》も何個もある、積み重ねたスケートだ)

いのりは今、自分の周りのスケーターの姿を見ながら、どうしたらあんなふうになれるのか、1つずつ考えて答えを出しているところだ。

司の踊《おど》りがどうしてきれいなのか、狼嵜光《かみさきひかる》のジャンプが余裕《よゆう》たっぷりに見えるのはなぜなのか。

絵馬は、いのりよりずっと前からそうしてきたのだろう。だからたくさんのことを知っている。

その日々の積み重ねの差が、いのりの目に、絵馬をこんなにも遠くに見せていた。


絵馬は演技《えんぎ》をしながら冷静に、これまでの努力を振《ふ》り返《かえ》っていた。

(そうや……うち、ようけがんばった。なんやかんやがんばったわ。ようけがんばったから、ムズいジャンプ跳《と》んでも全然普通《ふつう》やんな。あんだけやったんやから、全然すごいことやない。うちが……今うちが、ムズいジャンプ跳べるのは、当たり前なんや)

今の自分は、奇跡《きせき》ではない。

自分自身が積み上げてきた結果なのだと、絵馬はごく自然に感じていた。

クルッ。

シゴォー。

絵馬はスムーズに回転し、タンッと踏《ふ》み切《き》った。

2回転《ダブル》フリップ。

そして、続けざまに、2回転《ダブル》トウループ。

2回転《ダブル》フリップと、2回転《ダブル》トウループの、コンビネーションジャンプだ。

(降《お》りた！　ジャンプ全ノーミス！)

エマが着氷したのを見て、遊大は心の中で喜《よろこ》びを爆発《ばくはつ》させた。

「今の……フリップ+トウループをダブル+ダブルで降りた？」

「本当に最後で大番狂《おおばんくる》わせだ……！」

観客たちの間にも、驚《おどろ》きが広がっていく。

遊大は感慨《かんがい》深《ぶか》く絵馬を見つめた。

(絵馬、やっと大会でできるようになれたな……やっと……)

絵馬は滑《すべ》りながら、次の動きに向けて準備《じゅんび》を整えた。

(やっと……次ラスト……)

シャッ。

氷を切る音が響《ひび》き、絵馬はカッカッとリズムよくステップを踏《ふ》みながら、最後のスピンへと向かった。

（最後はスピン……。何でくる……？）

絵馬の様子を、司は緊張《きんちょう》した面持《おもも》ちで見守った。

ぐんッ。

絵馬は左足に力を入れ、フリーレッグを大きく回して蹴《け》るように振《ふ》り上《あ》げた。

体が宙《ちゅう》に浮《う》かぶ。

タン。

右足で着氷すると、左足をまっすぐ後ろへ水平に伸《の》ばし、そのままシュルンシュルンと回転し始めた。

フライングキャメルスピンだ。

「っしゃ！　完璧《かんぺき》！　全ての要素終了《エレメンツしゅうりょう》！」

遊大がガッツポーズで声をあげる。

絵馬はスピンを終え、音楽が終わるのに合わせて最後の決めポーズをとった。

リンク全体が大きな拍手《はくしゅ》に包まれる。

絵馬はポーズを崩《くず》し、リンクサイドへと滑《すべ》っていった。遊大の顔を見るなり、その目に涙《なみだ》があふれる。遊大はぎゅっと絵馬をハグして、演技《えんぎ》をやりきった喜《よろこ》びを分かち合った。

!
この姿勢…

パチパチパチパチパチパチ。

拍手《はくしゅ》がやむことなく続く。

『大和絵馬さんの得点《とくてん》……25・57。最終順位は第1位です』

アナウンスが響《ひび》き渡《わた》ると、観客たちは歓声《かんせい》をあげて絵馬を称賛《しょうさん》した。


「いや、1級、いい試合だったな……！」

「真剣《しんけん》勝負でよかった！」

感動した声があちらこちらから聞こえてくる。

ジャッジたちも満足そうにうなずき合い、「今年の1級、みんながんばりましたね」「これからが楽しみですね……」と話している。

星羅は美豹に向かって、いつになく静かな口調で言った。

「美豹……さっきウチが1級弱いって言うたの取り消すわ……。テレビじゃみんな跳《と》んどるけえ……3回転跳べんと、ザコじゃなって思うとったけど……ジャンプのムズさなんて……関係ない。すげえやつはそんなもんなくても、すげえって思わせてくる。1級とか全然関係なかったんじゃな」

自分が優勝《ゆうしょう》する気満々だった星羅だが、絵馬の演技《えんぎ》に圧倒《あっとう》され、いのりにも得点《とくてん》を抜《ぬ》かれたことで、フィギュアスケートを見る目を少し変化させたようだ。

1位　大和絵馬
2位　結束《ゆいつか》いのり
3位　獅子堂《ししどう》星羅
4位　黒澤《くろさわ》美豹
5位　小熊《こぐま》梨月
6位　鬼寅《きとら》カンナ

23点以上のハイスコアを出す選手が6人も出るハイレベルな戦いを繰《く》り広《ひろ》げて、大会は終わった。

着替《きが》えを終え、帰《かえ》り支度《じたく》をすませてロビーへと出てきた梨月は、5位という自分の順位をかみしめ、改めて悔《くや》しがっていた。

「ああ～！　表彰台《ひょうしょうだい》落《お》ちしたあ！」

「井《い》の中《なか》の蛙《かわず》やったな」

付《つ》き添《そ》いの兄に突《つ》っ込《こ》まれ、「お兄《にい》はだまっとって」と言い返す。

と、そこへ、コーチがやってきた。

「あ、梨月さん。来月から一緒《いっしょ》のクラブメイトになる獅子堂星羅さんと黒澤美豹さんです」

「あ！　お前どこかで見た顔じゃな！」と、星羅。

「さっき話しとった子じゃろ」と、美豹。

梨月は言葉を失った。

「フィギュアスケートに専念《せんねん》するために、スピードスケート中心のクラブからこちらに移籍《いせき》するんです。同じ1級ですよ。仲良くしてくださいね」

梨月のコーチがそう告《つ》げると、隣《となり》にいた星羅と美豹のコーチらしき男性《だんせい》は「いい先生のもとに行けてよかったです。よろしくお願いいたします」と頭を下げた。

梨月のコーチは「いえいえ、こちらこそ」と恐縮《きょうしゅく》しておじぎを返す。

「お前、名前なんていうん？　何年？　これから毎日よろしくな～」

星羅に早くも馴《な》れ馴《な》れしく絡《から》まれ、美豹にも寄《よ》ってこられて、梨月はすっかり困《こま》っていた。

完全にライバル視《し》していた星羅や美豹が、まさか自分と同じクラブに所属《しょぞく》するなんて――。

「イヤアアアア～～……」

完敗だ。

司はそう納得《なっとく》していた。

絵馬の演技《えんぎ》はハイレベルだった。今のいのりに、絵馬の得点《とくてん》を超《こ》えることはできない。

いのりを優勝《ゆうしょう》させられなかったことが、司は残念でならなかった。

自分の力不足が悔《くや》しくてたまらない。

いのりは、絵馬の演技が終わるとすぐに、司と母と一緒《いっしょ》にアイスリンクをあとにして、病院へと向かった。残念だが表彰式《ひょうしょうしき》は欠席だ。


新幹線《しんかんせん》に乗ると、いのりの母はすぐに居眠《いねむ》りを始めた。この大会のために、いのりの衣装《いしょう》などを昨晩遅《さくばんおそ》くまで準備《じゅんび》していたから、疲《つか》れているのだろう。

司は、向かい合わせにした席の正面に座《すわ》ったいのりに、そっと声をかけた。

「いのりさん、ごめんね」

「え……?」

いのりが不思議そうに顔を上げる。

いつの間にか日が暮《く》れかけて、座席《ざせき》にはオレンジ色の光が差《さ》し込《こ》んでいた。

「今回、コーチの俺側《おれがわ》に足りなかったことを、いろいろ気づけたんだ。けがもアクシデントも予防《よぼう》できるように、考えていくからね」

「……わたしもこの大会で、いろんなことがわかりました。スケートを夢《ゆめ》にして大事にしている人はわたしだけじゃない。スケートが大好きで……スケートのためにがんばり続けた子がいろんな地域《ちいき》にたくさんいる」

絵馬、星羅、梨月、美豹——この大会で出会った、たくさんのスケーターたちの姿《すがた》が頭に浮《う》かぶ。

「追いつこうとギリギリまで練習しても、他の子もギリギリまで練習してる。練習時間だけじゃなくて、けがのための休む時間も必要で……。小さいうちから積み重ねた量の差を、わたしはこの先ずっと超《こ》えることはできない。遅《おそ》く始めたぶんの時間は取り返せないんだって……だから私は、それをあきらめる理由に絶対《ぜったい》にしない」

意外な言葉に、司は目を見開いた。

遅く始めたぶんの時間は取り返せない。それは、スケートを始めるのが遅かった司にも、重くのしかかる言葉だ。

でもいのりは、その事実を、スケートをあきらめる理由にはしないと言う。

「早く始めた子と同じ大会に出られても、スタートの差は埋《う》まらないなら、がんばっても変えられないことだったなら、もうあせったり悲しくなったりしない。出遅《でおく》れた自分のまま、次は勝てるって信じ続けます！」

前向きないのりの言葉に、司は目頭《めがしら》が熱くなった。自分がいのりを導《みちび》くはずが、彼女《かのじょ》に導かれているような気持ちだ。

「ああ……！」

大きくうなずく。

そのときガタンと電車が揺《ゆ》れ、いのりの横の席で居眠《いねむ》りをしていた母が、目を覚ました。

「あっ、そういえば、メダル……俺《おれ》が持ってたままだった」

司ははっと気が付いて、リュックサックの中をごそごそと探《さが》し始《はじ》めた。

「表彰式《ひょうしょうしき》出られなかったし、今かけてみてよ」

そう言って取り出したのは、会場を出る前にスタッフから預《あず》かった銀メダルだ。

「えっ、今ですか！」

「ルクス東山《ひがしやま》、結束いのりさん！　銀メダルおめでとうございます！」

チャーンチャーンチャチャーンチャーン、と口に出して歌いながら、司はいのりの首に銀メダルをかけた。

「ヒャわ〜……」

いのりは首をすくめると、胸《むね》にさげたメダルをうれしそうに手に取った。

名港杯《めいこうはい》のときにもらったのは賞状《しょうじょう》とトロフィーだったから、メダルは初めてだ。

「初めてのメダルだね。今日は銀色のメダルだったけど、次も金色のメダルを獲《と》りにいこうね」

司の言葉に、にっこりと笑顔《えがお》を返す。

手の中にずしんと沈《しず》み込《こ》んだメダルの重さが、なんだかうれしかった。


5日後。

司は手土産《てみやげ》を携《たずさ》え、遊大に会うために、京都《きょうと》を訪《たず》ねていた。

大会で司が不在《ふざい》にしていた間、遊大はいのりのことを何かと気にかけてくれた。そのお礼と、迷惑《めいわく》をかけた謝罪《しゃざい》に出向いたのだ。

遊大に謝《あやま》るためだけに、わざわざ京都まで来た司の律義《りちぎ》さに、遊大は「げぇ〜〜〜マジ？」と引いてしまった。

「あの美人の先生に滅茶苦茶《めちゃくちゃ》叱《しか》られたから？」

次も金色のメダルを獲《と》りにいこうね

美人の先生とは、ルクス東山のヘッドコーチ、高峰瞳《たかみねひとみ》のことだろう。

「はい……」

「あ、そう……」

司は菓子折《かしお》りを突《つ》き出《だ》し、深々と頭を下げた。

「その節は、大変ご迷惑《めいわく》をおかけしました……。すみません、今日もお時間いただいてしまって……」

「俺《おれ》が勝手に動いただけやし、迷惑はかけてへんって言うてんのに」

あきれて言いながら、遊大は菓子折りの包み紙を破《やぶ》いた。

「あっ、うまそうやな～。これで感想戦しましょうか」

司と遊大は宇治駅《うじえき》前のベンチに並《なら》んで座《すわ》った。手土産《てみやげ》のお菓子を食べながら、この間の大会について話し合う。

話題の中心は、2人の教え子――いのりと絵馬のことだ。

「ところで、絵馬さんはなぜ今まで1級に⁉」

司が聞くと、遊大は「聞かれると思った～」と苦笑いした。

「少ない選択肢《せんたくし》の中でどんなジャンプを選ぶのかと思ったら、2回転《ダブル》ルッツに2回転《ダブル》フリップ+2回転《ダブル》トウループって……」

「まあ、種明かしすると、単純《たんじゅん》に時間なくてバッジテストが1級しか受けれんかったんや。初級レベルだった絵馬があそこまで成長したのは、ホンマにここ最近のことやねん。スケート自体は、5歳《さい》からずっとやっとったんやけどな」

「すごい急成長じゃないですか……。何があったんですか？」

「なんかあってうまくなったわけやない。今までがスランプになってたんや。元々絵馬は勘《かん》がよくて、初級もすぐ合格《ごうかく》したんやけど、急に背《せ》が伸《の》びて成長痛《せいちょうつう》でジャンプ練習できへんくなってな。気負ったんかな……みんなに追いつこうと根詰《こんつ》めて自主練しまくって、さらにあちこち痛《いた》めて、長い間まともに滑《すべ》れんくなってしまってん。背もまだ伸び続けとるしな」

「練習のしすぎ……」

司がつぶやくと、遊大は「せやで」とうなずいた。

「真面目やからか知らんけど、何回注意してもやりすぎて、復活《ふっかつ》してもすぐ壊《こわ》して休むの繰《く》り返《かえ》し。1級も実は2回落ちてる」

「え？」

「子供《こども》の1級でやで？　あっという間に出遅《でおく》れ組《ぐみ》や。でも原因理解《げんいんりかい》したあとは、練習量守って毎日コツコツやっとった。痛みが減《へ》ってまともに練習再開《さいかい》したら、いろんなことがどんどんできるようになっとった。だからあの構成《こうせい》がバッジテストの前に用意できたねん。辛《つら》かったときにあきらめてやめへんかったから、苦労が特別な経験値《けいけんち》になった。遠回りした時間で培《つちか》った筋《きん》肉《にく》と経験が、今揺《ゆ》るぎない絵馬の土台になったんや。参考にならんで申《もう》し訳《わけ》ないけど、俺《おれ》は特別なことはなんもしてへん。誰《だれ》からも期待されないなかでコツコツ積み重ねた絵馬自身の力や」

話しながら遊大がちらりと司のほうを見ると、司は滝《たき》のような涙《なみだ》を流していた。

「じゃあ絵馬さんはあの試合で努力がやっとみ……実って……みっ」

「うわあ、泣いとる……。先生……胸筋《きょうきん》やなくて涙腺《るいせん》を鍛《きた》えたほうがええんちゃうか……。でっかい男に、急に隣《となり》で泣きだされた人の気持ちになってみてよホンマ……」

「申し訳ない……」

司は涙声で言いながら、はなをすすり、涙を拭《ふ》いた。

「いのりちゃんの調子はどう？」

遊大が聞く。

「おかげさまで、捻挫《ねんざ》のほうは回復《かいふく》しました。今はシンスプリントの治療《ちりょう》と、再発防止《ぼうし》のための筋トレを中心に行ってます。いのりさんと話し合って、今年の冬の大会は挑戦《ちょうせん》せず、バッジテストの進級を目標にすることに決めました」

「今年やなくて、来年にかけるんやな」

「はい。絵馬さんの話を聞いて、今の決断《けつだん》に自信が持てました。一刻《いっこく》も早く最前線の選手に追いつくことが目標じゃない。出場資格《しかく》をつかめたときにそこできちんと『戦える』フィジカルが必要なんだなって」

司は真剣《しんけん》な表情《ひょうじょう》で、視線《しせん》を上げた。

「1年間、俺《おれ》たちなりの『いつもどおり』を作ります。次は全日本で戦いましょう」

司と話し合って決めたとおり、いのりは当面、けがを防《ふせ》ぐための筋《きん》トレに集中することにした。

そして、その年の10月。

狼嵜光が全日本ノービスBで3回転《トリプル》アクセルを成功させ、2回目の優勝《ゆうしょう》を果たした。2位は、鹿本すずだ。

表彰台《ひょうしょうだい》に立つ光の姿《すがた》を、いのりは自宅《じたく》のテレビで、ゴムバンドで筋トレをしながら見ていた。

「…………」

早くまた、氷の上で戦いたい。光と同じ大会に出たい。――そうあせりそうになる気持ちが、ないと言ったらうそになる。

それでもいのりは、司と一緒《いっしょ》に、辛抱強《しんぼうづよ》く地道なトレーニングを続けた。

そして、バッジテストに合格《ごうかく》するため、技術《ぎじゅつ》を磨《みが》くことにも専念《せんねん》した。


やがて、季節が巡《めぐ》り、翌年《よくとし》。

いのりは、2回目の名港杯に出場した。

大会に出るのは、ずいぶん久《ひさ》しぶりだ。

衣装《いしょう》に身を包み、名前を呼《よ》ばれてリンクに滑《すべ》り出《で》たいのりがまず披露《ひろう》したのは、フライングキャメルスピン。

そして、2回転《ダブル》フリップ、2回転《ダブル》トウループ、2回転《ダブル》ループの連続ジャンプだ。

「2回転＋2回転＋2回転……3連続ジャンプ成功！」

司はリンクサイドから身を乗り出すようにして、練習どおりの実力を発揮《はっき》するいのりの姿《すがた》を見守った。

『結束さんの得点《とくてん》……58・19。現在《げんざい》の順位は、第1位です』

得点が発表されると、いのりと司は「やった……」「よし……！」と喜《よろこ》び合《あ》い、ゴツンとグータッチを交《か》わした。

その後、誰《だれ》もいのりの得点《とくてん》を超《こ》えることはできず、いのりは見事、優勝《ゆうしょう》した。

「5級女子FS《フリースケーティング》　優勝、ルクス東山FSC。結束いのりさん」

表彰式《ひょうしょうしき》で名前を呼《よ》ばれ、いのりは晴れやかな気持ちで「はい！」と返事をした。

こつこつとバッジテストを受け、とうとう5級まで来たのだ。

光と戦えるまで、あと1級に迫《せま》っていた。

（いのりさん、この1年で本当に成長したな……）

誰よりも大きな拍手《はくしゅ》をいのりに送りながら、司はしみじみと彼女《かのじょ》の成長をかみしめていた。

（今いのりさんの最高難易度《なんいど》ジャンプは、2回転《ダブル》フリップ＋2回転《ダブル》トウループ＋2回転《ダブル》ループの3連続ジャンプ！　キャメルスピンと、後半にジャンプを詰《つ》め込《こ》むためのトレーニングも大変だったけど……間近でここまでの成長を目の当《ま》たり《あ》にできて、よかったなああ！）

背筋《はいきん》と腹筋《ふっきん》が足りず、キャメルスピンのT字ができなかったり。

演技《えんぎ》の後半になると、疲《つか》れてジャンプが跳《と》べなくなったり。

今日の優勝をつかむまでの間には、数々の苦難《くなん》があった。それを乗《の》り越《こ》えるいのりの姿《すがた》を間近で見ることができたのは、司にとって大きな喜《よろこ》びだ。ドキュメンタリーでもう一度見たいくらいだった。

小学6年生になり、バッジテスト5級になったいのりは、あと1級で憧《あこが》れの「全日本ノービ

SA」に挑戦《ちょうせん》できる。

あとたった1級。

けれど、その壁《かべ》の厚《あつ》さを思い、司はきゅっと表情《ひょうじょう》を引《ひ》き締《し》めた。

(適齢期《てきれいき》の5歳《さい》から始めたたくさんの選手が、この6級に合格《ごうかく》できずにスケートの夢《ゆめ》をあきらめている。その理由は、6級の大きな壁——2回転《ダブル》アクセル)

6種類あるジャンプのうち、いのりがまだ攻略《こうりゃく》していない2回転ジャンプは、2回転《ダブル》アクセルだけだ。


いのりは、2回転《ダブル》アクセルを習得《しゅうとく》するため、毎日練習に励《はげ》んでいた。

しかし毎回、着氷に失敗し、ドタンッと転んでしまう。

ハァハァと息を切らしながら、いのりは自分の実力が悔《くや》しかった。

(どうしても、降《お》りたら転んじゃう……)

アクセルジャンプは他のジャンプと違《ちが》い、前向きで跳《と》び上《あ》がるため、他のジャンプよりも半回転分多く回らなければならないのだ。

練習の合間、いのりはふと司に向かって言った。

「司先生……1回転のときから思ってたんですけど……2回転《ダブル》アクセルって、2回転『半』じゃなくて3回転『少』ですよね……」

1回転《シングル》アクセルを練習していたころから、心の中で（これってもう2回転じゃ……）（2回転扱《あつか》いしてほしい……）と密《ひそ》かに思っていたのだ。

司はこくりとうなずいた。

「うん……＋1回転分の難《むずか》しさだよね」

アクセルジャンプの「＋半回転」には、体感で「＋1回転」くらいのパワーが必要になる。同じ2回転でも、アクセルは他の5種類のジャンプとは難易度《なんいど》が全く違《ちが》うのだ。

「助走のスピードは速くなってると思うのにな……。どうして速く回転できないんだろう」

いのりの疑問《ぎもん》に、司は笑顔《えがお》で答えた。

「ああ、それはね、遠心力がかかってるからなんだ。遊園地のコーヒーカップってわかる？　勢《いきお》いよく回すと、体が外側に押《お》しつけられるよね」

いのりは「アレか！」と、すぐに理解《りかい》した。姉の実叶とコーヒーカップに乗ると、加減《かげん》を知らない実叶がいつもブォンブォン回すので、体が外側に押しつけられる感覚はよくわかる。脳《のう》みそが偏《かたよ》りそうになるほどだ。

「今、助走のスピードは十分だけど、外側に傾《かたむ》いて回転が遅《おそ》くなってるんだ」

「ていうことは、カップの中心にいるように跳《と》べたら……」

いのりがつぶやくと、司は「そう！」と笑顔《えがお》でうなずいた。

「速く回転するためには、助走のスピードよりも、回転の中心軸《ちゅうしんじく》への意識《いしき》が大事なんだ。これからは助走じゃなく、体の真ん中を軸にして回れたか確認《かくにん》していこう。自分がコマになった気持ちで」

「わかりました！　もう1回お願いします！」

いのりはすぐにやる気を取《と》り戻《もど》し、再《ふたた》び挑戦《ちょうせん》する決意を固めた。

その姿《すがた》を見て、司は心の中で微笑《ほほえ》んだ。

（いのりさんは本当に『できない』に強くなった……）


フィギュアスケートの指導者《しどうしゃ》としては新米の司だが、最近、無事に研修《けんしゅう》期間を終えて、正式に「インストラクター」になることができた。

でもルクス東山に通う生徒は、ヘッドコーチの瞳に教わりたい子たちばかり。

相変わらず、司の生徒はいのりだけだ。

（ときどき体験レッスンを任《まか》されるようになったけど、クラブの役にもっと立ちたいな……）

そんなふうに思っていたある日、いつものように大須《おおす》スケートリンクで体験レッスンの指導《しどう》をしていた司は、

「司くーん！　ちょっと来て♡　ちょっと♡」

と瞳に呼《よ》び出《だ》され、レッスンのあと近くの喫茶店《きっさてん》へと向かった。

そこで待っていたのは、フィギュアスケート界の有名人。

オリンピック銀メダリストで、現在《げんざい》は狼嵜光も所属《しょぞく》する名港《めいこう》ウィンドＦ　Ｓ　Ｃ《フィギュアスケートクラブ》のヘッドコーチを務《つと》める鴗鳥慎一郎《そにどりしんいちろう》だ。

慎一郎の隣《となり》には、眼鏡《めがね》をかけた、いのりと同い年くらいの少年が座《すわ》っている。

「はじめまして、鴗鳥と申します。これは息子《むすこ》の理凰《りおう》です」

「……そ……鴗鳥慎一郎……先生……」

だらだらと冷《ひ》や汗《あせ》をかいて緊張《きんちょう》する司を前に、慎一郎は静かに本題を切り出した。

「息子は普段《ふだん》は、私《わたし》が指導しているのですが、最近伸《の》び悩《なや》んでいまして……。本人の強い希望で、１週間ほどルクスでお世話になりたいとお願いに参りました」

「本当はここに移籍《いせき》したかったけど、ダメって言うから……」

理凰が、ぽつりと言う。

なぜルクスがいいのかと司が聞くと、理凰は「ここのクラブには……総太《そうた》くんがいるから

「……」と答えた。

「あぁ、総太さん！」

犬飼《いぬかい》総太は、ルクス東山に所属《しょぞく》する、小学5年生。バッジテスト4級の選手だ。

「名港のスケート教室で一緒《いっしょ》だったんですよね」

瞳が言うと、理凰は「どこでもよかったんだけどね」とそっけなく言って顔をゆがめ、「あのジジイがいる名港から離《はな》れられれば……」と、吐《は》き捨《す》てた。

その物言いに、慎一郎が「理凰……！」と注意する。

しかし、理凰はプイッと顔を背《そむ》けてしまった。

（あのジジイ……？　もしかして、夜鷹純《よだかじゅん》のことか……？）

司は、理凰があのジジイと呼《よ》ぶ相手に心当たりがあった。

（そういえば……狼嵜選手のコーチは夜鷹純だけど、表向きにはなぜか鴗鳥慎一郎ということになっている……。鴗鳥先生の息子《むすこ》である理凰さんは、その理由を知っているのかもしれない……）

慎一郎は説明を続けた。

「私《わたし》のクラブに所属している男子は現在《げんざい》シニアしかおらず、同じレベルで高め合う子がいません。本人のモチベーションを上げるためにも、高峰先生のところでお願いすることができたらと」

　すると瞳は、隣《となり》にいる司を手で示《しめ》して提案《ていあん》した。

「そうでしたか……。でしたら……司先生が担当《たんとう》でもよろしいでしょうか」

　突然《とつぜん》の指名に、司は飛び上がらんばかりに驚《おどろ》いた。瞳が微笑《びしょう》して続ける。

「司先生はまだ1年目ですが、インストラクター研修《けんしゅう》期間の1年間で生徒さんを初級から5級まで合格《ごうかく》させました。もちろん私でもいいのですが、今の理凰くんに変化を期待するなら司先生が適任《てきにん》かと」

「瞳さん……」

　ヘッドコーチである瞳が、そんなふうに思ってくれていたことが、司はうれしかった。

　慎一郎は、「もちろんです」とうなずいた。

「高峰先生が推薦《すいせん》なさる先生に見ていただけるなら、これ以上はありません。よろしくお願いいたします」

　頭を下げられ、司は「いえっ、こちらこそ」とあわてて頭を下げ返した。

　ところが理凰は、不満そうに言い放った。

「え？　ヘッドコーチが見てくれないの？　ヤダ」

　沈黙《ちんもく》が一瞬《いっしゅん》広がり、瞳が乾《かわ》いた笑いで「嫌《いや》なら仕方ないか！　ハハッ！」と司の背中《せなか》を叩《たた》いた。

「まあ好きにすればいいけどね。俺《おれ》は、親父《このひと》や光みたいな才能《さいのう》ないし……」

理凰がさらにシラけてつぶやく。

すると慎一郎は、おもむろに席から立ち上がり、「明浦路《あけうらじ》先生」と司のほうを向いた。

「ハイッ！」

つられて立ち上がろうとする司を、「いえ……そのままで」と手で制《せい》すると、慎一郎はバッと頭を下げた。

「こちらの指導《しどう》が至《いた》らず、ご無礼をお詫《わ》び申《もう》し上《あ》げます。理凰を何卒《なにとぞ》よろしくお願いいたします、明浦路先生」

（オリンピック銀メダリスト鴗鳥慎一郎に、頭を下げられた…………）

慎一郎ほどの人間にここまで頼《たの》み込《こ》まれて、断《ことわ》れるはずがない。

この瞬間、司が理凰を指導することが、決定したのだった。


これまでずっといのり1人を指導してきた司だが、期間限定《げんてい》とはいえ、とうとう生徒が増《ふ》えることになった。

翌日《よくじつ》のレッスンで、司はいのりに理凰を紹介《しょうかい》した。

「というわけで、今日から一緒《いっしょ》にグループレッスンをする鴗鳥理凰さんです。来週の合宿も一緒だよ。よろしくね」

「……っ」

理凰の顔を見るなり、いのりは絶句《ぜっく》した。

いのりはこれまで、理凰に2度、会ったことがある。しかし1度目に会ったときには「しゃべんなブスエビフライ！」とののしられ、2度目に会ったときには「誰《だれ》アンタ」と冷たい反応《はんのう》をされて、すっかり理凰が苦手になっていたのだ。

そして3度目に会った今日。理凰の目は、前回同様、いのりのほうを見てもいなかった。誰にも興味《きょうみ》がないのかと思ったが、控《ひか》え室《しつ》から総太が出てくると、理凰はぱぁ〜〜〜っと明るい顔になり、

「総太くん」

と、いそいそと近づいていった。

「あれ〜？　理凰くん、なんでいるの？　スイッチ持ってる？」

「持ってきたけど、早く乗ろうよ」

「ほえ〜」

温厚《おんこう》な総太は、理凰に促《うなが》されるまま氷の上に乗ると、シゴ――ッと並《なら》んで滑《すべ》り出《だ》した。

総太と一緒《いっしょ》に滑れて、理凰はうれしそうだ。滑り終わると、

「総太くん、総太くん。総太くんも絶対《ぜったい》手を前にしたほうが跳《と》ぶんだよ。この前見た動画でもさ……」

と、親切にアドバイスまでしていた。

「やっぱり男の子のスケート友達がいるとうれしいみたいですね。最近塞《ふさ》ぎ込《こ》んでいたのでよかったです」

楽しそうな理凰の姿《すがた》を見て、見学に来ていた理凰の母もうれしそうだ。

いのりは理凰にうらやましそうな視線《しせん》を向けた。

（いいなあ、２人とも楽しそう……）

すると司がいのりのもとへやってきて、「いのりさん、いのりさん。理凰さんは今いのりさんと同じ５級だよ」と教えてくれた。

自分と同じ５級。

それを聞いた途端《とたん》、仲間意識《いしき》のようなものが、いのりの心の中に芽生えた。

もしかして、仲良くなれるかな……。わたしとも一緒に滑ってくれるかも……。

そんな淡《あわ》い期待を抱《いだ》き、もじもじしながら理凰に話しかける。

「理凰くん、同じ5級なんだね……よろしくね……」

すると理凰は、じろっといのりの顔をにらんだ。

「誰《だれ》アンタ」

「結束いのりです……」

会うのは3回目なのに、いまだに顔も名前も覚えてくれていなかったようだ。


そしていよいよ、理凰と司とのレッスンが始まった。

眼鏡《めがね》を外して氷の上に立つと、理凰は助走をつけてぐんッ！　と踏《ふ》み切《き》り、空中に跳《と》び上《あ》がった。

2回転《ダブル》アクセル。

いのりが苦戦している技《わざ》を難《なん》なく跳ぶと、理凰はシュイン！　ときれいな姿勢《しせい》で着氷した。

「おおっ……！」

その姿勢の美しさに、司は色めき立った。

（着氷後がすーっとよく伸《の》びる、きれいな2回転《ダブル》アクセルだ！　この足首の柔《やわ》らかさを生かしたチェックポーズの美しさは、鴗鳥慎一郎先生のジャンプを思い出させる……。そういえば鴗鳥先生は身長が俺《おれ》くらいあるんだよな……体が大きいぶん、ジャンプのとき、遠心力、すごいかかったはず……。高く跳《と》び、ズバッと軸《じく》を決める4回転がダイナミックで、むちゃくちゃかっこよかったんだよな〜〜〜〜っ）

中学生時代、司はテレビで慎一郎の演技《えんぎ》を目にするたびに、「うおおお超《ちょう》かっけえ〜〜!!ウヒョアー」と、その完成度の高さに悶《もだ》えたものだった。

（理凰さんの空中での印象《いんしょう》は、お父さんとは違《ちが》うな。鴗鳥先生は縦《たて》に高く跳んで回転する「高跳《たかと》び型《がた》」のジャンプだけど、理凰さんはどちらかというといのりさんと同じ、距離《きょり》を長く跳ぶ「幅跳《はばと》び型《がた》」のジャンプだ）

理凰は黙々《もくもく》と練習を続けている。

再《ふたた》び2回転《ダブル》アクセルを跳ぼうとする理凰の姿《すがた》を、司はじっと見つめた。

（今よりもう少し、軸を作るタイミングを早くできれば……さらに回転する余裕《よゆう》ができるはず……）

やがて理凰が、練習を終えてリンクサイドに戻《もど》ってくると、いのりはいそいそと話しかけに行った。

「すごい、理凰くん、2回転《ダブル》アクセル跳《と》べるんだっ！」

「別に。今は3回転跳べないと、意味ないから」

そう言いながら、理凰はチーンとはなをかみ、ぽいっとティッシュをゴミ箱に投げ入れた。

「え？」

「男子の6級は、3回転＋2回転跳べないと合格《ごうかく》できないんだよ」

「3回転＋2回転……⁉」

驚《おどろ》くいのりを、理凰は冷たくにらんだ。

「ていうか同族意識《いしき》やめてよね。現時点《げんじてん》でノービスAに出られる俺《おれ》のほうが、上だから」

「そう……なんだ……」

ノービスAに出場するためには、女子は6級以上が必要だが、男子は4級以上で出場できるのだ。

「で、でも……6級合格、お互《たが》いがんばろうね……」

いのりがやんわりと声をかけると、理凰は軽くいのりの顔を見つめ返し、それからすっと目をそらした。

と、そこへ司がやってきて、「理凰さん、素晴《すば》らしいジャンプだったよ！」と、声をかけた。

「はいはい、鴗鳥慎一郎みたいだって言うんでしょ。口揃《そろ》えてみんなそう褒《ほ》めるよね……本当、芸が……」

そっけなく会話を終わらせようとする理凰だが、司が「お父さんと違《ちが》う跳《と》び方《かた》だからびっくりしたよ！」と告《つ》げると、意外そうな顔になった。

「お父さん譲《ゆず》りの足首の柔《やわ》らかさは、すごい可能性《かのうせい》を感じる……！　けど、それだけじゃないっ！　フィジカルだけで理凰さんのよさを説明するのはもったいない！　跳び上がるとき、空中でスッと姿勢《しせい》を調整できる奇跡《きせき》みたいなセンス……理凰さんの積み上げてきただろう、試《し》行錯誤《こうさくご》と努力が感じられて感動したよ！　チェックポーズの足の角度も意識《いしき》できて偉《えら》い！　細部にこだわる志《こころざし》が偉い！　スケートはそういう積み重ねが美しさになるんだ！　理凰さんはきっと素敵《すてき》な選手になるね！　とっても楽しみだよ！」

怒濤《どとう》の勢《いきお》いで褒《ほ》められ、理凰は圧倒《あっとう》された。

（大人にすっっっごい褒められた……）

うれしいけれど、でも、どんな反応《はんのう》をすればいいかわからない。

（困《こま》る……）

これまで、大人から何かを言われるたびに、ひねくれた返答ばかりしてきた。だから、こうまでストレートに褒められてしまっては、反応に困る。いつものような皮肉も全く思いつかず、理凰はダラダラと冷《ひ》や汗《あせ》をかいてうつむいた。

そうしている間にも、司は太陽のように顔をキラキラさせ、興奮《こうふん》した様子で理凰を褒め続けている。

司が理凰のことばかり話すので、いのりはなんだか少しジェラシーを感じているようだ。

（うれしい……けど……素直《すなお》に喜《よろこ》んだらダメな気がする……）

理凰は、司に褒《ほ》められて喜びそうになる自分を、必死に押《お》し殺《ころ》していた。

（喜んでるとこ見られて、誰《だれ》かに笑われない？　誰か……誰かに……）

そう自問したとき、理凰の頭の中に、男の低い声が響《ひび》いた。

――光にとって一番邪魔《じゃま》なのは、勘違《かんちが》いしてるお前なんだよ。

夜鷹純の声だ。

理凰は、浮《う》き立《た》ちそうになっていた自分の心が、ずしんと重たくなるのを感じた。

「素敵《すてき》な選手？　……無責任《むせきにん》なこと言うの、やめてください」

そう言って、司をにらみつける。

「楽観しすぎ……今、俺《おれ》の年齢《ねんれい》で6級とってる選手、どんだけいると思ってんの？　俺はサラブレッドとしてももう終わってんの！　先生、何もわかってないよ絶対《ぜったい》！」

そう言い捨《い》《す》てると、「レッスンありがとうございました！　さよなら！」と一方的に練習を終わらせ、シャッと氷の上を滑《すべ》っていく。

言われないと
わからない
のかな…
光にとって
一番邪魔なのは
勘違いしてる
お前なんだよ
理《り》凰《おう》！
練習いこっ

「あっ、理凰さん……」

司が呼《よ》び止《と》めようとするが、理凰は無視《むし》して氷の上を滑《すべ》り続《つづ》けた。

(――何、浮《う》かれてるんだ。2回転《ダブル》アクセルを跳《と》べたって、未来のなんの保証《ほしょう》にもならない。みんな、夜鷹純や光の『才能《さいのう》』を知らないから、前向きになれるんだ……!)

理凰は以前、夜中に個人《こじん》練習をする夜鷹と光の姿《すがた》を目にしたことがある。

黒いスケート靴《ぐつ》でシャッと氷の上を滑り、いつ助走をつけたのかわからないほどの軽さで、シュワッとジャンプを跳ぶ夜鷹の姿。

理凰が圧倒《あっとう》されるほどの夜鷹のジャンプを、光は平然と見つめていた。そして、ジャンプを終えた夜鷹に「覚えて」と言われ、「はい!」とあっさりうなずいていた。

夜鷹がジャンプを跳び、それを光は見ただけで覚え、自分の糧《かて》にしてしまう。

そんな途方《とほう》もない天才2人の姿を目の当《ま》《あ》たりにして、理凰は才能の違《ちが》いを見せつけられたような気がした。

突然《とつぜん》、練習を打ち切ってしまった理凰を、いのりがあわてて追いかけてきた。

「……り、理凰くん。どうしたの……？」

理凰はアイスリンクを出ると、「ていうかさあ、あの先生誰《だれ》？」といのりに聞いた。

「つ、司先生だよっ！」

「名前、全然聞いたことないんだけど。何してた人？」

「何って……アイスダンスの先生だよ」

「それだけ？　嫌《いや》だなあ。経歴《けいれき》がはっきりしない人に、癖《くせ》がある教え方されたら……」

「癖……？　よくわかんないけど心配ないよ！　司先生、すっごくきれいなんだよ」

「下手くそなあんたから見たら、誰でもそう見えるんだろ」

いのりはむっとして、理凰をにらみつけた。

自分のことは悪く言われても言い返せないけれど、司のことを言われたらだまっていられない。

「そんなんじゃないもん……。……り、理凰くんは、司先生のこと全然知らないじゃん」

「だから知ってんなら、あの人のこと教えてって言ってんじゃん。あの人自身は、2回転《ダブル》アクセルちゃんと跳《と》べんの？」

いのりは言葉に詰《つ》まった。

理凰はいのりに背中《せなか》を向けると、私物《しぶつ》を片付《かたづ》けながら、考えが甘《あま》いんだよな、とボヤいた。

「自分ができなかったこと、何を根拠《こんきょ》に教えるんだよ。まあ稀《まれ》に？　教える才能《さいのう》に特化しているコーチもいるけどね〜。でも実績《じっせき》がない人に期待して、1回きりの人生預《あず》けるなんて博打《ばくち》がすぎるよ。勝ち負けって指導者《しどうしゃ》の腕《うで》がすべてでしょ。あんた、上目指す気あるなら、今からコーチ替《か》えたら？」

最後のその一言が、とどめだった。

「勝てるもん！」

いのりが怒《いか》りをこらえきれずに叫《さけ》ぶと、理凰は驚《おどろ》いてビクッと肩《かた》を震《ふる》わせ、持っていた水筒《すいとう》をガシャンと下に落としてしまった。

「は？」

理凰が戸惑《とまど》った顔で振《ふ》り返《かえ》る。

「わたしは……っ、わたしはっ……」

感情《かんじょう》があふれ、いのりは言葉を途切《とぎ》れさせた。

俺《おれ》たちは勝ちますと、夜鷹に向かってそう宣言《せんげん》してくれた司の言葉が頭をよぎる。

司はあのとき、勇気を出して夜鷹に言い返してくれた。同じように、自分も今、理凰にちゃんと自分の言葉を伝えたい。

「わたしたちは……っ、夜鷹純さんが教えてる光ちゃんに勝つ……」

その言葉を聞いた理凰は、驚《おどろ》いて目を見開いた。

「――は⁉　なんでそのこと知って……」

確《たし》かに夜鷹は光の指導《しどう》をしている。しかし表向きは、光のコーチは慎一郎ということになっているはずだ。どうしていのりは、夜鷹が光に教えていることを知っているのだろう。しかも、光に勝つなんて――。

理凰の胸《むね》に、怒《いか》りがこみ上げた。

光にはスケートの才能《さいのう》がある。バッジテストは毎回、一発で合格《ごうかく》していた。誰《だれ》もが光は天才だと言った。さすが鴗鳥先生の生徒さんだね、ともよく言われていた。

一方、理凰は慎一郎の息子《むすこ》なのに、6級のバッジテストに何度も落ちた。

そして、光の本当の指導者は、理凰の父の慎一郎ではなく、夜鷹だ。

慎一郎は銀メダリスト。そして夜鷹は、金メダリスト。

指導者の持つメダルの色の違《ちが》いは、そのまま、自分と光の才能の違いのように思えた。

いずれにしても、有名選手のサラブレッドとして、もう自分は終わっている。こんな自分が、光に勝つことなんてできっこない。

「……できないんだよ！」

理凰が叫《さけ》ぶと、いのりはすぐさま「できるよっ！」と叫び返した。

「わたしは2回転《ダブル》アクセルを降《お》りて、今年、全日本ノービスAに出る……！　そして光ちゃんに勝つ……！」

「はあああ？　アンタ光の……ってか、全日本ノービスのレベルわかってんのか？　『6級受かって2回転《ダブル》アクセル跳《と》べます』くらいじゃ予選も通過《つうか》できない……」

「勝つもん!!!」

そう言《い》い張《は》るいのりに、理凰はあきれた。

（こいつ……バカかよ。根拠《こんきょ》全くないだろ！　なんだその自信は。光の演技《えんぎ》、見たことないのか？　気持ちだけじゃ勝てないんだよ）

そう思いつつ、同時に、いのりのことをうらやましいとも感じていた。

（でも、俺《おれ》も……こんなふうに言えたらいいのに……）

いのりは目に涙《なみだ》をため、理凰をにらみつけている。

2人の言い合いを聞きつけ、司が心配そうに遠くから走ってくる。

しかしいのりは司には気づかず、理凰に向かってさらに言葉を投げかけた。

「理凰くんの先生は、お父さんなんでしょ。何度も夜鷹さんと一緒《いっしょ》に表彰台《ひょうしょうだい》に立ったすごい人だって……」

「それがなんだよ……」

「だったら……鵜鳥先生に教えてもらってる理凰くんより先に、司先生に教えてもらってる私《わたし》が、3回転+2回転も降《お》りる」

いのりはキッと、理凰をにらみつけた。

「司先生がすごいって証明《しょうめい》するから！」

えっ
まさか喧嘩《けんか》…？
いのりさん…？
理凰くんの先生はお父さんなんでしょ
何度も夜鷹さんと一緒に表彰台のったすごい人だって…
ゴシ ゴシ
…！
それが何だよ…
だったら…
鴗鳥先生の理凰くんより先に司先生の私が3回転＋2回転も降りる
司先生がすごいって証明するから！
…⁉

夢《ゆめ》を語る前に、俺《おれ》たちは何度も確認《かくにん》する。
誰《だれ》かに否定《ひてい》される前に、
夢にたどり着くまでの道のりを。
自分の今いる場所が、その道から外れていないかを。

先達《せんだつ》と同じ道を歩くことを可能性《かのうせい》と呼《よ》ぶならば、
道を作った者の目の前には、一体何があっただろうか。
何を確認《かくにん》して前に進んだのだろうか。

その一歩を踏《ふ》みしめるのにどれほどの勇気がいるのだろう。

夜に吠《ほ》える

司《つかさ》先生がすごいって証明《しょうめい》するから！

いのりがそう叫《さけ》ぶのを聞いた司は、ぎょっとして、２人の間に割《わ》って入った。

「待って！　どんな内容《ないよう》の喧嘩《けんか》？」

「あっ、司先生……」

いのりが驚《おどろ》いた表情《ひょうじょう》を浮《う》かべ、理凰《りおう》も困《こま》ったように司を見た。

頭をよぎるのは、つい先ほど、自分がいのりに投げてしまった言葉だ。

——あんた、上目指す気あるなら、今からコーチ替《か》えたら？

苛立《いらだ》ちに任《まか》せて、つい司にあまりにも失礼なことを言ってしまった。司は、理凰のこの言葉を聞いていただろうか。

すると、いのりはプルプルと体を震《ふる》わせながら、「つ……司先生とは関係ないです……っ」と言った。

「めちゃくちゃ俺《おれ》の名前言ってたよね⁉」

「関係ないんです〜！」

そう言い残すと、いのりはダッと走り出し、司や理凰が入れない女子更衣室《こういしつ》の中へと逃《に》げ込《こ》んでしまった。

司は途方《とほう》に暮《く》れ、説明を求めるように、あとに残った理凰のほうをじっと見つめた。

「理凰さん……」

なんと説明したものか、理凰は言葉を探《さが》した。なんといっても司は、数分前まで理凰がめちゃくちゃ悪口を言っていた相手なのだ。

気まずい沈黙《ちんもく》が流れる。

すると更衣室の扉《とびら》がバンッと開き、再《ふたた》びいのりがタタタタタ……と外へ出てきた。

「司先生ぇ〜〜ッ‼」

練習着から私服《しふく》へと、すでに着替《きが》え終《お》わっている。学校帰りに直接《ちょくせつ》アイスリンクに来たので、背中《せなか》にはランドセルがあった。

（着替えるの早……）と驚《おどろ》く司に向かって、いのりは大声で叫《さけ》んだ。

「わたしっ……！　この夏に6級、絶対《ぜったい》受かりたいです！　3回転＋2回転を覚えて、今年の全日本ノービスに出たいので！」

ノービス、つまり全日本ノービス選手権《せんしゅけん》とは、ジュニアより年少のクラスで行われる大会だ。年齢別《ねんれいべつ》でさらにAとBに分かれ、12歳《さい》のいのりは参加資格《しかく》にバッジテスト6級が必要になる。

「だから……っ、よろしくお願いします！」

いのりが深々とおじぎをする。その途端《とたん》、ランドセルのふたが開き、中に入っていた教科書類がズサァ――ッと流れ出た。

「ランドセルの中身！　中身！」

司があわてて教えようとするが、いのりは興奮《こうふん》していて気づかず、「ではっ！」と走り去ってしまった。

自分より早く3回転+2回転を覚える、といういのりの宣言《せんげん》に、理凰はすっかり冷めきっていた。

「……先生、さよなら」

床《ゆか》に散らばったいのりの教科書類を拾い集めている司に、理凰は乾《かわ》いた声で告《つ》げ、立ち去ろうとする。

すると司は、「あっ待って、理凰さん！」と、あわてて顔を上げた。

「少しだけ、話をしようよ」

「……喧嘩《けんか》の件《けん》ですか？」

「いやそっち……とは別に……今日は理凰さんのことといろいろ知れたらいいなと思ってきたんだ。例えば……スケートを始めたきっかけとか！」

司が明るく切り出した途端《とたん》、理凰の顔が露骨《ろこつ》にくもった。

「は？　親がオリンピック選手だからやらされたに、決まってるでしょ」

「……！」

会話はそれ以上、続かなかった。初手の話題選びで、早くも失敗してしまったようだ。

司は冷《ひ》や汗《あせ》をかきながら、理凰と何かコミュニケーションを取ろうと、一生懸命《いっしょうけんめい》に話題を探《さが》した。そんな司の姿《すがた》を見て、理凰は言いようもなく不快《ふかい》な気持ちになった。

「先生と話してるとイライラする……。練習には来るんで、もうマジでほっといてください。さよなら」

そう言い残すと、理凰は荷物を手に、スケート場を出ていった。

（「イライラ……」）

イライラする、とまで言われ、司はすっかり落《お》ち込《こ》んで、ベンチにしょんぼりと座《すわ》った。自分の何が悪かったのかとぐるぐる考えていると、瞳《ひとみ》が呼《よ》びに来た。

「司く～ん、いのりちゃん家《ち》から電話来たんだけど……」


いのりは、家に着いてからようやく、ランドセルの中身が足りないことに気が付いたそうだ。

1時間後、いのりは父の運転する車で、忘《わす》れていった教科書類を取りに来た。

「ありがとうございました……」

アイスリンクの建物の前で待っていた司から、申《もう》し訳《わけ》なさそうに教科書類を受け取る。そして、「じゃあお父さんが車で待ってるので……」とすぐさま車へ戻《もど》ろうとした。

「あっ、いのりさん、少しだけ……」

司は、車の運転席にいるいのりの父に、「すみません、10分ほどお待ちいただいていいですか？」と断《ことわ》りを入れると、いのりを連れて近くの公園へと移動《いどう》した。


いのりをベンチに座《すわ》らせると、司はしゃがみ込《こ》み、彼女《かのじょ》の目を見つめながら切り出した。

「今日話してくれたことだけど……今のペースを考えると、今年は2回転《ダブル》アクセルと6級の受験でいっぱいいっぱいだと思うんだ……。3回転＋2回転と全日本ノービスは、正直難《むずか》しい」

いのりは小さく息をのんだ。

（できないかも……ってこと、初めて言われた……）

驚《おどろ》きながらも、おずおずと口を開き、「い……今よりもっとがんばれば……」と反論《はんろん》しようとする。

「うん……気持ち、わかるよ」

司は優《やさ》しくうなずくと、2本指を立てた。

「ペースアップの方法は2つある。①練習時間を増《ふ》やす。②練習方法を変える。①の『練習時間を増やす』はわかりやすいけど、いのりさんの練習量はすでに許容量《きょようりょう》マックス。これ以上はまたシンスプリントになってしまう」

いのりはハッとした。

（そうだ……シンスプリント……）

去年の大会後、シンスプリントの可能性《かのうせい》があると言われ、練習量を減《へ》らしたばかりだ。急ぐあまりに練習量を増やし、またシンスプリントになっては本末転倒《ほんまつてんとう》だ。

「だから①は俺《おれ》の判断《はんだん》で却下《きゃっか》。いのりさんも気をつけてね。つまり選択《せんたく》は、必然的に②の『練習方法を変える』。新しい練習方法で上達のスピードが速まることを期待する作戦だけど……すでに今、成長スピードは爆速《ばくそく》なんだ……」

「ばくそく……？　すごく速いってことですか？」

「うん。普通《ふつう》は1年では5級までいけないいんだよ。もちろん成長の速さの一番の理由は、いのりさんの努力のおかげだけど、今のやり方がとても合っているからだと思う」

司は少し間を置いて、いのりに尋《たず》ねた。

「理凰さんとの喧嘩《けんか》で何があったか、教えてくれる？　一緒《いっしょ》に考えよう。うまくいってる今のやり方を変えてでも、今年中にノービスAを狙《ねら》いたいのか」

いのりは何かを言おうとしていたが、なかなか言葉が出てこないようだった。それはまるで、何か言うべきではないことを、のみ込《こ》んでいるようにも見えた。

（全日本に向けて今、リンク全体の緊張感《きんちょうかん》が高まっている。周りの空気に当てられて、久《ひさ》しぶりにあせりが出たのかな……。というかなんだろう、この言葉を一生懸命《いっしょうけんめい》のみ込んでいる感……。本当に、理凰さんとなんの話をしていたの⁉）

やがて、いのりは思いきって言った。

「……あの、その……わたし……去年から4センチも身長が伸《の》びたんですっっ‼」

「え？」

いのりの突然《とつぜん》の告白《こくはく》に、司は驚《おどろ》きつつも、それが理凰との会話と何か関係があるのかと戸《と》惑《まど》った。

いのりは真剣《しんけん》に続ける。

「それだけじゃなくて、体力テストがすごくよくて！　わたし『何もない子』から……運動ができる子だねって学校で褒《ほ》められたんです。かけっことか……マット運動とか……学年で5番以内になったんです。わたしは氷の上でしか、いろんなことできなかった。でも今は陸《りく》でも、できることが増《ふ》えた。わたし……前と全然変わったんです。新しいやり方になったとしても、自分の能力《のうりょく》を信じたいです」

いのりの言葉を聞き、司の目からぶわあっと涙《なみだ》が噴《ふ》き出《だ》した。

会ったばかりのころ、いのりは、自分には何もないと泣いていた。そんないのりが、自分は「変わった」と話している。きっと学校で褒められたことも、すごくうれしかったのだろう。

「い、いのりさん……！」

「それに、氷の上じゃなくてもっ！」

いのりは突然《とつぜん》、その場で走り出した。

タッ、タッ、タッ――。

陸上で助走をつけると、バッとその場に跳《と》び上《あ》がる。

そして、見事に2回転《ダブル》アクセルを跳《と》び、タンッと地面に着地した。

「陸《りく》なら2回転《ダブル》アクセルも跳べてる……。どんな方法になっても3回転＋2回転も跳んでみせます！」

司は驚愕《きょうがく》し、目を見開いた。

「跳べてるじゃん⁉　2回転《ダブル》アクセル跳べてるじゃん、いのりさん⁉　今、回ってたよ！　2回転半！」

司があまりに驚《おどろ》いているので、いのりは「えっ⁉」と逆《ぎゃく》に戸惑《とまど》ってしまった。

「はい……。ちょっと前に跳べるようになったんです。氷の上ではまだなんですけど……」

司は（なんて……こった……）と、改めて驚いた。

スケート靴《ぐつ》が助走スピードを出してくれるから、陸よりも氷上のほうがジャンプを跳びやすい。今までいのりが2回転《ダブル》アクセルを跳べないのは筋力不足《きんりょくぶそく》が原因《げんいん》だと思っていたが、陸でできるなら、もう2回転《ダブル》アクセルを跳ぶフィジカルは整っているということ。つまり原因は、筋力不足ではなく、テクニックにあるということだ。

（テクニックのほうが原因なら、これからの見方が変わるぞ……。これがわかってたらもっと……。俺《おれ》は氷の上しか見ていなかったんだ。やれることはまだある……！）

司は、自分の気持ちが変わるのを感じた。

練習量を増《ふ》やさなくても、練習のやり方を変えることで、いのりの掲《かか》げた目標を達成できるかもしれない。

「いのりさん……さっき難《むずか》しいって言ったこと、撤回《てっかい》するよ。来週の福井《ふくい》の合宿で特訓だ」

「特訓……」

と、いのりが小さくつぶやく。

「いろいろ試《ため》せるタイミングはこの4日間しかない」

司は手のひらをぎゅっと握《にぎ》り、いのりに向かって突《つ》き出《だ》した。

「目指そう、全日本ノービス。狼嵜光《かみさきひかる》選手と同じ舞台《ぶたい》を」

そう力強く宣言《せんげん》すると、いのりも小さくうなずいて、手のひらをグーの形に握りしめる。

そして2人はコツンとグータッチを交《か》わした。

(俺《おれ》に戦略《せんりゃく》が求められてる)

司は自分に言い聞かせた。

(2回転《ダブル》アクセルを乗《の》り越《こ》え、さらに上を目指せるポテンシャルが、いのりさんにはすでにある。いのりさんが間に合うかどうかは……俺がキーを握ってるんだ)


翌週《よくしゅう》。

福井県の敦賀《つるが》で、夏合宿が始まった。

「ルクス東山《ひがしやま》の夏合宿を始めます！　冬の成果は夏の鍛錬《たんれん》が作ります！」

合宿初日のミーティングで、瞳は生徒たちを激励《げきれい》した。

スケーターにとっての夏は、秋から始まる大会ラッシュの直前であり、昇級《しょうきゅう》試験を受けたり、新技《しんわざ》に挑戦《ちょうせん》したりする最後のチャンスなのだ。

この合宿を有意義《ゆうぎ》なものにするため、瞳は事前に宿題として『目標達成シート』を生徒たちに渡《わた》していた。新技の成功のような高い目標から、靴紐《くつひも》を早く結ぶといった達成しやすい目標までたくさん書いてもらい、合宿で達成感を多く感じてもらうためのものだ。

「みんな、アレ、ちゃんと書いてきたかな？」

瞳に言われ、いのりはあわててリュックサックをあさった。

（あっ、よかった……忘《わす》れてなくて……）

ほっと安心しながら、回収《かいしゅう》に来た瞳に目標達成シートを手渡す。

「みんな、目標たくさん書いてきて偉《えら》い！　何書いたか、今教えてくれる人！」

瞳が呼《よ》びかけると、子供《こども》たちが一斉《いっせい》に手を挙げた。

「フライングシットスピン！」

「ルッツー！」

「練習中おしゃべりしない！」

「スピン6回！」

いのりも負けじとバッと手を挙げ、「この合宿で2回転《ダブル》アクセル絶対《ぜったい》に完成！」と大きな声で宣言《せんげん》した。

それを聞いたみんなから、おぉ～！　と声があがる。

「おっ、いいね～！　いのりちゃん、すごいやる気！」

瞳に褒《ほ》められ、いのりは「えへへ……」と頭をかいた。しかし、子供《こども》たちの1人に、

「いのりちゃん、先週大声で叫《さけ》んでたもんね。ノービス出たいです！　って」

とバラされると、なんだか急に恥《は》ずかしくなってしまう。

「うあっ……！　うん……！」

もじもじするいのりの様子を見て、理凰が皮肉っぽく言った。

「引《ひ》っ込《こ》みつかなくなってんじゃん……恥ずかしいやつ……」

それを聞いたいのりは、きゅっと唇《くちびる》を引き結び、理凰をにらんだ。

理凰もにらみ返し、2人はゴゴゴ……と対峙《たいじ》する。司があわてて「2人とも仲良く！」と止めに入ると、瞳が続けて、

「はーい！　まだ目標言っていない人はー？」

と、みんなに呼《よ》びかけた。

すると一番後ろで、誰《だれ》かがバッと手を挙げた。

「3回転《トリプル》サルコウ！」

振《ふ》り返《かえ》ると、グラビティ桜通《さくらどおりフィギュアスケートクラブ》ＦＳＣ所属《しょぞく》のミケこと三家田《みけた》涼佳《りょうか》が立っている。

「な～んで主役がおらんのに盛《も》り上《あ》がっとるの？　ミケが来たに！」

ミケの後ろでは、「すみません～遅《おそ》くなりましたあ……」と、ミケのコーチの那智《なち》鞠緒《まりお》が、恐縮《きょうしゅく》していた。

２人の姿《すがた》を見て、いのりと司は「ミケちゃん！」「那智先生！」と声をあげた。

２人は、ルクス東山の合宿に参加することになっているのだ。

「というわけで、ジャンプの指導《しどう》で特別に来てくださった、那智鞠緒先生です！」

瞳が紹介《しょうかい》すると、那智は緊張《きんちょう》した面持《おもも》ちで「よ！　よろしくお願いしまぁ～す！」とあいさつをした。

「那智先生は昔、４回転サルコウを跳《と》べてたすごいジャンパーなんですよ」

瞳の言葉に、みんなから「ええ～～⁉」と、どよめきがあがる。

「いや……結局試合で一度も成功しなかったんですが……」

那智は恥《は》ずかしそうに頭をかいた。

実は、那智を合宿に呼《よ》んだのは、司だった。

この合宿の特訓その1は、違《ちが》う先生に教えてもらうこと。

同じ内容《ないよう》のアドバイスでも、話し手が替《か》わるだけで新しい気づきが生まれやすくなる。いつもアドバイスをしている瞳や司だけでなく、那智からもアドバイスをもらえることは、ルクス東山の生徒たちにとって、とてもいい経験《けいけん》になるはずだ。

(ジャンプが得意《とくい》な那智先生が、快《こころよ》く引き受けてくれてよかった……。あともう1つは……)

司はスマホを取り出して、画面を確認《かくにん》した。

本当はもう1人、那智の他に声をかけた人物がいるのだ。

しかしいまだに、いい返事はもらえていない。

(交渉《こうしょう》がんばったけど……なんとか合宿最終日に間に合うといいな……)

遅《おく》れてきたミケは、いのりのそばに腰《こし》を下ろして、瞳の話を聞いていた。

と、いのりのすぐ隣《となり》に、理凰が座《すわ》っていることに気づく。

「ん？　鵜鳥《そにどり》理凰じゃん。なんでここにおる？」

いのりは、ミケが理凰の名前を知っていたことに驚《おどろ》いた。てっきりミケは、自分にしか興《きょう》味《み》がないと思っていたのだ。

（ミケちゃんって他の選手の名前覚えてるんだ……）

いのりは妙《みょう》に感心しつつ、「理凰くんは、ウチに今だけ通ってて……」とミケに説明した。

「長野《ながの》の合宿行けんかったの？」

ミケが言った途端《とたん》、周りの空気がピリついた。

長野では毎年、ノービスクラスのための選抜《せんばつ》合宿が行われ、近年のオリンピック代表選手もこの合宿を経験《けいけん》している。『トップ選手の登竜門《とうりゅうもん》』だが、各県で年齢別《ねんれいべつ》に選ばれた数名しか参加できない狭《せま》き門《もん》だ。

ちなみに今年、いのりは級が足りずに選考会に参加できなかった。来年は年齢制限《ねんれいせいげん》で参加できないため、合宿に参加する最後のチャンスを逃《のが》してしまったことになる。

「いや行くから。そっちは来週だから。人聞き悪いこと言わないでくれる？　俺《おれ》毎年行けるくらいのレベルはありますから」

理凰が心外そうに言うと、ミケはどうでもよさそうに、フーン、とつぶやき、「ミケ知らんもん、そんなこと」と短く言い返した。

すると理凰は、ますますイラついて、「バカメンダコ頭」とミケをバカにした。メンダコとは、タコの一種だ。

毎朝時間をかけてセットしているネコ耳ヘアをメンダコ呼《よ》ばわりされて、ミケは怒《いか》り心頭だ。

「ネコ耳だわ!!! メンダコって何ぃ？ どう見てもネコ耳にしとるのわかるだら!? ボケぇッ!!」

しかし理凰は、ミケが怒《おこ》ってもツンと澄《す》ましている。

「よく見れ眼鏡《めがね》！ こっち向きんよ、表に出ろや」

「今もう外だよ……」

いのりが力なく突《つ》っ込《こ》み、瞳はそんな騒《さわ》がしいやり取りを見ながら、「賑《にぎ》やかねぇ～」と楽しそうに微笑《ほほえ》んでいた。


ミケと理凰の言い合いをよそに、司はみんなの提出《ていしゅつ》した『目標達成シート』を確認《かくにん》していた。

（ええと、涼佳さんは3回転《トリプル》サルコウ、総太《そうた》さんは2回転《ダブル》フリップ＋2回転《ダブル》トウループか！

いのりさんは2回転《ダブル》アクセル。理凰さんは……）

理凰のシートを見て、司は手を止めた。

目標達成シートに書かれたのは、自分の名前だけ。

理凰の目標は、白紙だったのだ。


アイスリンクに移動《いどう》すると、那智は早速《さっそく》、指導《しどう》を始めた。

「はーい、みんな集合〜！　それでは早速、ナッチン先生が教えまーす！　今からやるのは直《ちょく》線《せん》跳《と》びの練習ッ！」

「直線跳び？」

不思議そうに尋《たず》ねる生徒たちに、那智は少し緊張《きんちょう》しながらも、元気に説明を続けた。

「ジャンプは通常《つうじょう》、曲線の軌道《きどう》で跳ぶものですが、それをまっすぐ跳ぶ練習です！　そんじゃあ説明しようかね……代表でのり助《すけ》！　カモン！」

突然《とつぜん》の指名に、いのりは驚《おどろ》きながらも「は、はい！」と答え、前へ進み出た。のり助というのは、那智が今考えた、いのりのあだ名のようだ。

那智は、アイスリンクに平行に引かれたアイスホッケー用の2本の白線の間に立ち、両手を広げた。

「まあ単純《たんじゅん》な話よ。この幅《はば》の中で向こうからジャンプ！」

白線の幅《はば》は、ちょうど那智が両手を広げた長さと同じくらいだ。

「えっ？　この幅で……？　せまい……」

「物は試《ため》しだ、のり吉《きち》！」

いのりは（もうあだ名変わってる……）と心の中で突《つ》っ込《こ》みつつ、滑《すべ》り始《はじ》めた。

シゴ――。

助走をつけ、バッとジャンプを跳《と》ぶ。

しかし、幅から出ないように意識《いしき》するとバランスが崩《くず》れ、着氷でドシャッと転倒《てんとう》してしまった。

「よし確認《かくにん》！」

那智が言い、いのりは自分が今いる位置を確認した。すると、白線の間からかなり出てしまっている。

「うわあ、すっごいはみ出てる……」

「結構《けっこう》難《むずか》しいんだ、これ。遠心力に振《ふ》り回《まわ》されてるとき、ジャンプの軌道《きどう》は内巻《うちま》きになりすぎちゃってるワケ。1回まっすぐのジャンプを体に覚えさせて、ベストな曲線軌道の感覚をつかもうっていう寸法《すんぽう》よ」

「なるほど～～！」

那智の言う練習方法は、いのりの目にとても新鮮《しんせん》に映《うつ》った。

遠心力に負けない練習は、今の自分にぴったりだ。

(司先生がいないと、録画見てもいつもどこを直せばいいかわかんなかったけど、これならはみ出したのがわかるから自主練時間でも直せる!)

「じゃあ早速《さっそく》やってみよーー!」

那智が声をかけると、子供《こども》たちは元気よく「は〜〜い!」と返事をし、2グループに分かれて直線跳《ちょくせんと》びの練習を始めた。

「じゃあもう1回〜。次はトウループ!」

瞳の指示《しじ》で、子供たちは助走から勢《いきお》いよく跳び上がる。

その姿《すがた》を見ながら、瞳は「ゆうちゃん脚《あし》、ひろちゃん腕《うで》、いのりちゃんタイミング、あきくん助走……」とブツブツ独《ひと》り言《ごと》をつぶやいた。

ジャンプを終えた生徒たちは、コーチのもとへ戻《もど》り、アドバイスをもらう。

「はい並《なら》んで〜。ゆうちゃんよくなってる。脚をもう少しピンってできる?」

「ひろさんもさっき言ったところ直ってて偉《えら》い! あとは腕をちゃんと……」

瞳と司は、忙《いそが》しく、生徒たち一人一人にアドバイスを伝えた。たくさんの生徒が一度に滑《すべ》るので、それぞれに的確《てきかく》なアドバイスをするのはなかなか大変だ。

「もう曲流れとるぞ! Bグループ、ゴーゴーゴーー!」

那智があわただしく、生徒たちをリンクに送り出す。

リンクの貸し切り時間は限《かぎ》られているため、集団《しゅうだん》レッスンは効率的《こうりつてき》に行うのが重要だ。

コーチたちは指導力《しどうりょく》だけでなく、動体視力《どうたいしりょく》も試《ため》される忙《いそが》しい時間が続いた。

「パンクした子は腹筋《ふっきん》20回～」

那智が叫《さけ》び、何人かの生徒がリンクサイドであわてて腹筋を始める。パンクとは、ジャンプの回転数が予定より減《へ》ってしまうことだ。


那智の指導のおかげで、いのりは、遠心力に負けないジャンプの感覚を少しずつつかんでいった。しかし、短い時間でみっちり練習をしたので、休憩時間《きゅうけいじかん》になるころにはすっかり疲《つか》れ果《は》てていた。

理凰やミケも、青白い顔をして、ハアハアと荒《あら》い息をついている。

「休憩が終わったら、今日の復習《ふくしゅう》やるよ～！　また二手に分かれて～」

司に声をかけられ、子供《こども》たちはまた順番に並《なら》んで、今日の復習に取りかかった。

「はい次は、理凰さん～～！」

司が呼《よ》び、理凰がリンクに出てくる。そして、シゴーッと滑《すべ》り始《はじ》めた。

「クロス」

「モホーク」

司が指示《しじ》を出すのに合わせ、理凰は氷の上にきれいな軌跡《トレース》を描《えが》いていく。

「はい、ジャンプ！」

くるっ。

理凰は空中で回転し、シャッと着氷した。その姿《すがた》に、司が「よ〜しいいフォーム！」と拍手《はくしゅ》を送る。

名港《めいこう》ではやったことがない、コーチがずっと後ろについてくるという暑苦しい指導《しどう》に、理凰は戸惑《とまど》っているようだった。


理凰の指導を終えた司は、瞳と那智がいる休憩《きゅうけい》スペースへ戻《もど》ってきた。

「ここまで広々使えると、俺《おれ》たちも思い切り動けて超《ちょう》いいですね！」

しかし、那智も瞳も疲《つか》れきっていて、リンクの広さを楽しむ余裕《よゆう》はない。

「いや、すごく見やすいけど……全員はキッツイです……」

「現役《げんえき》じゃないんだから、生徒以上に動くやり方はできないって！」

「そうですか！　でしたら2周目は俺《おれ》が全員チェックします！」

那智と瞳にそう言い残すと、司は元気いっぱいにブンブンと手を振《ふ》りながら、「先、行ってまーす！」と再《ふた》び氷の上に戻《もど》っていった。

体力にはまだまだ余裕があるようで、1人だけピンピンしている。

「司先生って超《ちょう》『陽』の者ですよね。『熱血！』『ポジティブ！』って感じが……」

驚《おどろ》いて言う那智に、瞳は疲れた表情《ひょうじょう》で首を振った。

「それは誤解《ごかい》なのよ、ナッチン先生。司先生は誰《だれ》かのためだったらすごく前向きになれるけど、自分のことになると後ろ向きで動けなくなっちゃうんです。誰の言葉も届《とど》かないくらい」

瞳は以前、司とアイスダンスでパートナーを組んでいたことがある。だから瞳は、司の昔からの性格《せいかく》を、よく知っているのだった。


遅《おそ》くまで何かと生徒たちの世話を焼いていた司は、生徒たちの就寝《しゅうしん》時間になるとようやく一息つき、1人で大浴場に向かった。

ガラッと扉《とびら》を開けると、予想以上に大きな湯船がある。

「おお～！」

感激《かんげき》していると、洗《あら》い場《ば》の陰《かげ》に誰《だれ》かがいるのに気づいた。

理凰だ。シャンプーハットをかぶり、髪《かみ》を洗っている。

「あれ⁉　理凰さん、なんでこの時間に？　今って子供《こども》たちはもう就寝《しゅうしん》時間じゃ……」

司が驚《おどろ》いて声をかけると、理凰はあわててシャンプーハットを頭から取った。

（シャンプーハット使ってるところ、見られた……）

見られたくないからわざと時間をずらしていたのに、司はそんな理凰の気持ちには気づかず、「シャンプーハット懐《なつ》かしいなあ！」と無邪気《むじゃき》に話しながら自分の体を洗い始めた。

「弟が保育園《ほいくえん》のころ、顔に泡《あわ》がつくと泣いちゃってね。よく使ってたよ～」

（もう早く出よう……）と思った理凰は、さっと湯船で暖《あたた》まり、そそくさと退散《たいさん》しようとしたが、そのタイミングで司がざばっと湯船に入ってきてしまった。

「そうだ理凰さん。目標達成シート、このあとで一緒《いっしょ》に考えない？」

司に提案《ていあん》され、理凰は「遠慮《えんりょ》します」と冷たく答えた。

「なんで？」

「考えられなかったわけじゃなくて、自分の中では決まってますし、目標とかこうなりたいっていうのは……人に言いたくないから……」

「そうかぁ。その気持ちわかるなあ」

思いがけない言葉に、理凰は「……は？」と顔をゆがめた。オリンピアンの息子《むすこ》という特別な環境《かんきょう》にいる自分の気持ちが、司にわかるわけがない——そんな怒《いか》りを顔ににじませる理凰をよそに、司は明るく続けた。

「俺《おれ》も、目標とか人に知られたくないと思ってたこと、あったよ。大きすぎとか小さすぎとか思われたくなくて。でも教えてくれたら俺たちも手伝えるからさ……一緒《いっしょ》にがんばろう！」

「じゃあ先生のシングルのバッジテストは何級なんですか？」

理凰はあえて失礼なことを聞いた。

「俺ばっかり、言いたくないこと言わせるのって、フェアじゃないと思います」

公開されている過去《かこ》の大会結果には、ノービスやジュニアにも司の名前はなかった。だから、司は間違《まちが》いなくシングル６級は持っていないだろうと、理凰は踏《ふ》んでいた。

（答えを言われたら言ってやろう。自分より上の選手、育てられるのかよって）

すると司は、「初級だよ」とあっさりと答えた。

初級。

予想以上に低い級に、理凰は一瞬《いっしゅん》だまってしまう。

（っていうか初級って。じゃあ本当に２回転《ダブル》アクセル跳《と》べないんじゃん）

司の滑《すべ》りを見るかぎり、とても初級でとどまっていたとは思えない。何か特別な事情《じじょう》があっ

初級だよ
予想以上に低い
っていうか初級って

たのかもしれない。もしかしたら自分の問いかけは司を傷《きず》つけたのではないか？　そんな考えが頭をよぎったが、今さら憎《にく》まれ口《ぐち》を止められず、理凰は冷めたような視線《しせん》を司に投げた。

「その話、アイツが聞いたらガッカリすると思いますよ。光に勝つなんて言わなかったでしょうね。そのこと知ってたらきっと……」

理凰に嫌味《いやみ》を言われても、司は動じず、落ち着いて答えた。

「このことは、いのりさんにはもう伝えてるよ」

そのころ、いのりは布団《ふとん》の中で、ミケと話《はな》し込《こ》んでいた。

同部屋の他の子たちはすでに眠《ねむ》りについている。

「それでね、ナッチンは昔、小6で7級とったんだって。だもんでミケは小5までに7級とるつもりでおる」

「小6で7級か〜！　すごいなあ〜ッ……！」

いのりが感心して悶《もだ》えていると、ミケは「イノリは？」と聞いた。

「いつまでに7級受かりたい？　イノリの先生はいつ7級受かったって？」

いのりは、寝返《ねがえ》りを打とうとしていた体を、一瞬《いっしゅん》止めた。そして少し戸惑《とまど》いながら、打ち明けた。

「ん～……。あのね……ミケちゃん。このことは司先生には、内緒《ないしょ》なんだけど……」

「なになに？」

内緒と聞いて、ミケが興味津々《きょうみしんしん》に身を乗り出してくる。

「わたしが何回も6級に落ちたら、先生のせいにされると思う。『先生を替《か》えてみたら？』って言われちゃうと思う」

自分の気持ちを確《たし》かめるように、いのりは一言一言、ゆっくりと口にした。

「だから今、2回転《ダブル》アクセルが跳《と》べないのはとても悔《くや》しいの。成長が速いって、もっと言われたい。ここで止まり続けるつもりはないって証明《しょうめい》したい。司先生を選べる強い選手になりたいんだ」

司がまだ初級だと聞いても、いのりの気持ちは何一つ変わらなかった。

司に教えてもらいたい。司と一緒《いっしょ》に、光に勝ちたい。

だからこそ、この合宿中に、なんとしてでも2回転《ダブル》アクセルを跳べるようになりたかった。

理凰は、司が初級であることをいのりに伝えていると知ると、「……そうですか」と淡々《たんたん》と返し、ザバッと湯船から上がった。

この人とはわかり合えない――。理凰は確信《かくしん》した。

「その差を自覚してて、光に勝つ気なら、話にならないのでもういいです。愚《おろ》かだなって思うけど俺《おれ》に関係ないし。そんなに俺にかまおうとしなくていいですよ。あそこから離《はな》れたかっただけで、ここでの成長は期待してないです。俺はたぶん、このまま成長止まるんで」

圧倒的《あっとうてき》な差を前にしながらも、ただ勝利を信じきれる司を理解《りかい》できないし、その差を前にうなだれるしかない自分のことを司は理解してくれないだろう。

あきらめたような口調の理凰に対し、司はなぜそう思うのかを問いかけようとした。

しかしそれより早く、理凰は司の胸《むね》をじろっとにらんで「ていうか筋肉《きんにく》、超《ちょう》目につくんですけど」と続けた。

「え？」

「なんでそんなムキムキなんですか？　必要ないのに。先生は選手より自分の筋肉を育てるほうが向いてると思いますよ」

そんな斜《なな》め上《うえ》の皮肉を最後に言い放つと、理凰は「おやすみなさい」と言って、浴場から出ていった。

残された司は、暗い気持ちに包まれ、ブクブクと湯船に沈《しず》み込《こ》んだ。

司は、フィギュアスケートを始めるのが遅《おそ》かった。

そのことを、どれだけ後悔《こうかい》したかわからない。

コーチがつかず、クラブにも所属《しょぞく》できなかった司は、独学《どくがく》でスケートを学び続けた。バッジテストの中で唯一《ゆいいつ》初級だけは、クラブに所属していなくても受験できた。司に取得《しゅとく》する資格《しかく》があったのは、そもそも初級だけだったのだ。

「独学でここまで基礎《きそ》ができてるのはすごいことだ。よく1人で続けてきたよ」

ようやく司のコーチになってくれた人は、かつて、そう言って司を励《はげ》ましてくれた。

しかし司は、その言葉にもどこか納得《なっとく》がいかなかった。

「でもこんな少ししか、積み重ねられなかった……！　いつも自分のスケートがおかしくないか悩《なや》み続《つづ》けてました。コーチがいれば1時間で解決《かいけつ》することに、俺《おれ》は何年も……」

自分の無力さに苛立《いらだ》つ司に、コーチは優《やさ》しく言葉をかけてくれた。

「司。司が積み重ねた経験《けいけん》があったから今日だって……」

でも当時の司は、その言葉を素直《すなお》に受け入れられなかった。

「……そうで……しょうか……。無駄《むだ》だったと思います……。必死だったけど、氷の上にいただけだった……。もっと早く……先生に出会いたかった……」

あのときの司は、自分の努力が、全く報《むく》われなかったように感じていた。

せめて、もっと早く、先生と出会っていれば。何度そう思ったかわからない。

それから月日は流れ、司はいのりに出会った。

いのりは司と同じように、クラブに所属《しょぞく》できずに、独学《どくがく》でフィギュアスケートを磨《みが》いていた。

でもそれには限界《げんかい》がある。いのりを、自分と同じ境遇《きょうぐう》にはしたくない。

だから司は、いのりのコーチを買って出たのだ。


ザバッ！

司は湯船から勢《いきお》いよく上がると、急いで服を着て、ホテルを飛び出した。

ホテルのすぐ裏手《うらて》に広がる土手を、ダッシュする。

そして、抑《おさ》えきれない感情《かんじょう》をぶちまけるように、大声で叫《さけ》んだ。

「あああ〜〜〜!!　クソガキ〜〜〜!!!」

理凰に言われたことが、司の心の古傷《ふるきず》を深くえぐった。そのストレスを発散するように、司は全力で走りまくった。

「絶《ぜっ》ッ対《たい》こっちが6級以下だと踏《ふ》んで、困《こま》らせるつもりで聞いてきただろ！　性格《せいかく》悪すぎない!?　いのりさんに浄化《じょうか》されろ！」

コーチをやるなら、いつか指摘《してき》されることだとわかっていた。

だから司は、指導役《しどうやく》に回ることを、ずっと躊躇《ちゅうちょ》していたのだ。

（でも腹括《はらくく》ったから、今コーチやってんだよ。あの日全部括ったんだよ！　掘《ほ》り返《かえ》すんじゃねえ！）

バッ。

心の中で叫《さけ》びながら夢中《むちゅう》で走っていたせいで、足元をよく見ていなかった。

気づいたら司は、土手から飛び出していた。

「うああああああ‼」

ガガガガッ！

川に向かって傾斜《けいしゃ》を一気に転がり落ち、ドサッと地面に倒《たお》れ込《こ》んでしまう。

（理凰さんは俺《おれ》が跳《と》ばす）

真っ暗な空を見上げ、司は半ばヤケクソになって、そう決意した。

（跳ばす。絶《ぜっ》対《たい》、俺のもとで3回転＋2回転跳ばす。鴗鳥先生より自分が上だとは絶対に思えない。けれどお前だけは、3回転＋2回転を俺が跳ばす）

それが、指導者《しどうしゃ》としての司の意地だった。

「2人まとめて3回転＋2回転、絶対跳ばすからな！」

夜空に向かって叫《さけ》ぶと、「な……！　な……！　な……！」と遠くでこだまが響《ひび》いた。


司は、一時的な怒《いか》りは寝《ね》るとたいていおさまるタイプだ。

翌朝《よくあさ》、彼《かれ》はすっかりリフレッシュした様子で、さわやかに理凰にあいさつをした。

「理凰さんおはよ！」

しかし、理凰は司のように、すぐに気持ちを切《き》り替《か》えることなどできない。

司をシカトしてスタスタと歩いていく理凰を、司はめげずに追いかけて、話しかけ続けた。

「理凰さんの目標って3回転＋2回転だったよね。俺《おれ》は全力で手伝うからね。がんばるよ。昨日のジャンプもすごくよかったよ。今日はもっと具体的に見ていくからね」

無言でその場を去ろうとする理凰と、タタタタ……と追いかける司。

その2人の姿《すがた》を、瞳は「なんなの、あの子たち……」と不審《ふしん》そうに見送っていた。


練習が始まってからも、司は熱心に理凰にアドバイスを繰《く》り返《かえ》していた。

理凰の練習が終わると、次はいのりが見てもらう番だ。

理凰は（やっとあいつのレッスンになって解放《かいほう》された……）と、ほっとした。

ドシャ！

いのりは今日も、2回転《ダブル》アクセルを失敗してしりもちをついた。

しかし司は、「すごい！」と明るい顔だ。

「見違《みちが》えるほど軌道《きどう》がよくなってる……！」

「ほんとですか！」

顔を輝《かがや》かせるいのりに、司は大きくうなずいた。

那智の練習法が合っていたのもあり、いのりはかなり上達している。

「今、着氷で転んじゃうのは、インエッジで降《お》りてるからなんだ。でも本当にあと少しだよ。細かいフォームを確認《かくにん》していこう！」

「はい！」

いのりは再《ふたた》び2回転《ダブル》アクセルに挑戦《ちょうせん》するが、またもや転んでしまった。

それを見ていた理凰は（全然ダメじゃん）と心の中でつぶやいた。

しかし、いのりはあきらめない。絶対《ぜったい》に2回転《ダブル》アクセルを成功させると、強い意志《いし》を抱《いだ》いていた。

ルール上、試合のジャンプ構成《こうせい》には、必ずアクセルを入れなければならない。そして、光が跳《と》んだ3回転《トリプル》アクセルは、世界の歴代《れきだい》女子選手でも数人しか跳べない奇跡《きせき》のジャンプだ。

（だから、奇跡が起こせないわたしにとっては、今……この2回転《ダブル》アクセルこそ、世界の舞台《ぶたい》でも必ず振《ふ》るう、かけがえのない1本の剣《けん》）

2回転《ダブル》アクセルという武器《ぶき》を手に入れたい――その強い想《おも》いは、いのりだけでなく司も同じだ。

決意を込《こ》めて、もう一度いのりは、氷の上で静かに息を整えた。

全身に集中力をみなぎらせ、目線を遠くに据《す》える。

そして、姿勢《しせい》を整え、助走に入った。

シャッ。

スピードを上げ、右足を振り上げる。遠心力に負けないように、両腕《りょううで》を引《ひ》き寄《よ》せて体をキュッと締《し》める。

バッ。

いのりは空中で、見事に2回転半を描《えが》いた。

そして氷の上に戻《もど》るその瞬間《しゅんかん》――。

シャッ。

いのりは重心を正確《せいかく》に保《たも》ったまま、見事に降《お》り立《た》った。

2回転《ダブル》アクセル、着氷。

2回転アクセル着氷
まず
ひとつめ!
全日本
ノービスに
必要な武器
―

見守っていた司は、ぐっと表情《ひょうじょう》に力を入れた。
いのりはついに、全日本ノービスに必要な武器《ぶき》の1つを、手に入れたのだ。

夜を踊《おど》れ

合宿2日目の夜。

ルクス東山《ひがしやま》の生徒たちは、順番に曲をかけて、演技《えんぎ》の練習をしていた。

自分の曲を流してもらっている生徒以外は、アイスリンクの端《はし》でそれぞれに自主練をしているのだが——。

(曲かけしてる子より、3人の気迫《きはく》が目を引く……)

那智《なち》はそう感じながら、アイスリンクの様子を見守っていた。

気迫が目を引く3人とは、いのり、理凰《りおう》、そしてミケだ。3人とも、それぞれの課題のジャンプを練習している。

いのりは朝の練習で、苦戦していた2回転《ダブル》アクセルをとうとう降《お》りた。しかし、そのことに大喜《おおよろこ》びするわけでもなく、早くも3回転ジャンプの練習を始めている。

(のり助《すけ》は今年の全日本ノービス出場が目標だから、浮《う》かれないようにぶっ飛ばしてるそうだ。まあ、うれしさは漏《も》れてんだけど……）

那智はあきれまじりに、ジャンプの練習をするいのりの顔を見た。

冷静に練習に励《はげ》もうとしているようだが、その表情《ひょうじょう》には抑《おさ》えきれない興奮《こうふん》が滲《にじ》んでいる。

そして司《つかさ》も、本当は大騒《おおさわ》ぎして喜《よろこ》びたいけど我慢《がまん》して堪《こら》えてるのがバレバレだった。師弟《してい》そろって、フンフンと鼻息が漏れ聞こえてきそうな表情だ。

ミケのライバルであるいのりが、ジャンプを成功させたことが、那智にとっては少し複雑《ふくざつ》だった。

（もしかして、私《わたし》の素晴《すば》らしい指導《しどう》が、未来の敵《てき》に塩を送ってしまった系《けい》……。まあ私は、心が広い大人なので気にしないけど。でもミケ太郎《たろう》……先に降《お》りてくれ！）

いのりは自主練時間も、10秒もじっとせず、ジャンプを跳《と》び直《なお》し続《つづ》けている。まるでシャトルランでもしているみたいだ。

（子供《こども》の体力、半端《はんぱ》ねえ……）

那智が感心して見ていると、練習の合間に休憩《きゅうけい》をしていたミケが、那智の視線《しせん》の先を追い、「ミケもあれくらいがんばらんといかん……」と、ぽつりとつぶやいた。

「次にイノリと戦うときは絶対《ぜったい》に負けたくないもんで……」

ミケがいのりから影響《えいきょう》を受け、やる気を出していることが、那智はうれしかった。

ドタンッ！

理凰はリンクの隅《すみ》でジャンプを試みていたが、派手《はで》に転んでしまった。司がすぐに駆《か》け寄《よ》り、「大丈夫《だいじょうぶ》？　次、理凰さんの番だよ」と優《やさ》しく声をかける。

理凰は「……はい……」と返事をし、ゆっくりと起き上がった。ふと冷静になってみれば、なぜこんなにも躍起《やっき》になってジャンプを跳《と》ぼうとしているのかわからなくなってくる。フィギュアスケートの選手として、自分はもう終わったはずなのに。

（なんで俺《おれ》は……あいつにつられて、ムキになってるんだろう。無駄《むだ》にがんばるなんて、もうやめたいのに……）

気持ちを整理しきれないまま、理凰は立ち位置に立った。

シャッ。

音楽が流れ出すと勢《いきお》いよく滑《すべ》り出《だ》し、2回転《ダブル》ルッツ、続けて2回転《ダブル》トウループ、さらに2回転《ダブル》ループと、次々に2回転ジャンプを成功させた。

足首の柔《やわ》らかさを生かした、滑《なめ》らかなスケーティングが、アイスリンクの上に美しいラインを描《えが》いていく。

隅《すみ》で見ていた生徒たちからは、ため息交じりの声が漏《も》れた。

「うわ〜〜、振《ふ》り付《つ》けマジカッコよ……」

「理凰くん、上手だよね……」

「エリートだよね……一昨年《おととし》がノービス8位だっけ」

司もまた、理凰の動きに感心していた。

（うまい。スケーティングの姿勢《しせい》、スピード、ジャンプの構成《こうせい》、動きと動きの滑《なめ》らかさ。全部、水準《すいじゅん》が高い）

それなのに、理凰自身は自分のスケートに自信を持てず、後ろ向きなことばかり口にしている。司はそのことが不思議でならなかった。

（理凰さん……。確《たし》かに3回転が跳《と》べないとノービスの表彰台《ひょうしょうだい》には上がれないけど、十分期待される実力なのに、どうしてそんなに現状《げんじょう》に悲観的なんだ）

理凰は滑《すべ》りながら、今日の自分の調子がいいことを実感していた。

（エッジが氷にすっとはまってく感じ……。もしかして、今なら……）

今なら、跳べるのではないか。

そんな希望を感じ、理凰は3回転《トリプル》サルコウに挑戦《ちょうせん》することにした。

シゴ――。

助走をつけて、左足に体重をしっかり乗せて、右足を後方に振《ふ》り上《あ》げる。そして、空中に跳《と》び上《あ》がる。

（もう少し……！　回れ……！）

しかし、回転が終わる前にスケート靴《ぐつ》が氷に触《ふ》れ、バランスを崩《くず》してドシャッと転んでしまった。

（やっぱ……ダメか……）

心の中で自分に失望しながらも、理凰はすぐに立ち上がり、演技《えんぎ》を続けた。


理凰がジャンプを失敗するのを見て、司は悔《くや》しくてたまらなかった。

「……っ。惜《お》しい……！」

小さな声でつぶやくと、演技を終えた理凰にすぐさま駆《か》け寄《よ》った。

「理凰さんお疲《つか》れ……！　すっごいよかったよ！　指先もきれいだし……！　そして何よりも、3回転ナイスファイトだったよ！　ついに挑戦したんだね！　偉《えら》い！　偉いよ！」

司は思うまま自分の感想を理凰に伝えたが、理凰はその言葉を素直《すなお》に受け取れず、無表情《むひょうじょう》に聞き流している。

そのころ、いのりはアイスリンクの隅《すみ》で、3回転ジャンプの練習を続けていた。

(2回転《ダブル》アクセルが成功するときの感覚……今までのジャンプと全然違《ちが》う。体をキュッと締《し》めたら、クルクルッと自然に回っていく。軸《じく》を作る感覚が、自分のものになったような……。回るんじゃない……回すんじゃない……。自分は軸になるだけ。軸になる……)

イメージを固めると、いのりはシャッと滑《すべ》り出《だ》した。

理凰と司が、動き出したいのりのほうへ目を向ける。

いのりは滑りながら徐々《じょじょ》にスピードを上げ、氷の上をビュンッと加速した。

そして——。

バッ。

いのりは空中に跳《と》び上《あ》がり、体をしっかりと締めて軸を保《たも》ちながら、空中で回転した。

そしてスムーズに3回転すると、重心をしっかりと保ったまま、完璧《かんぺき》なバランスで氷の上へと降《お》り立《た》った。

(きたきた、降りた!! 3回転《トリプル》サルコウ着氷!)

司は興奮《こうふん》し、思わず声をあげそうになった。

2回転《ダブル》アクセルの回転速度は3回転とほぼ同じだ。だから、2回転《ダブル》アクセルで苦戦していた選手が、それを習得《しゅうとく》すると同時に3回転の壁《かべ》を乗《の》り越《こ》えることがある。いのりもそのパターンだったということだ。

（一度に2つの壁をぶち破《やぶ》った！　2回転《ダブル》アクセルのための積み重ねが、3回転成功に導いたんだ！）

いのり自身も、自分がこんなに早く3回転ジャンプを跳《と》べたことに驚《おどろ》いていた。達成感で胸《むね》をいっぱいにしながら、司のもとへと滑《すべ》っていくと、彼《かれ》はすっかり涙《なみだ》ぐんでいた。

（……っ、努力が一度に実を……）

「先生、もう喜《よろこ》びGOE+5出していいかな……」

GOEとは、各要素《エレメンツ》の出来栄《できば》えに対する評価《ひょうか》のことで、+5は最高評価だ。

司の言葉に、いのりは大あわてで「まだまだです！」と答えた。

「先生、言ったじゃないですか……。『帰るまでが遠足！　曲に合わせるまでがジャンプ！』って！　だから喜ぶのはまだなんですよ！」

（い、いのりさん……！）

いのりのそのひたむきさに、司はさらに胸を打たれた。

（偉《えら》さの面積拡大《かくだい》が止まらない……！）

いのりが3回転ジャンプを成功させたことに、司だけでなく、周囲《しゅうい》の人々も衝撃《しょうげき》を受けていた。

那智もその1人で、驚《おどろ》きのあまり「ハハッ……」と、乾《かわ》いた笑いを漏《も》らしながら、

「のり助が構成《こうせい》に3回転を組めるようになるのはまだ先……先制点《せんせいてん》はミケがいただくぜ……」

と、闘志《とうし》を燃《も》やしていた。那智の隣《となり》にいるミケは、ライバルであるいのりの成長に危機感《ききかん》を覚えているようで、「むむ……むむう……」とうなり声をあげている。

一方、理凰もまた、大きな衝撃を受けていた。

理凰はまだ3回転ジャンプを跳《と》べずにいるのに、いのりが先に習得《しゅうとく》してしまった。光《ひかる》といい、どうしてみんな、自分より先の世界へ軽々と進んでしまうのだろう。

いたたまれない気持ちが募《つの》り、理凰はスケート靴《ぐつ》を脱《ぬ》いで、建物の外へと出た。

頭に浮《う》かぶのは、やはり光の顔だ。

理凰は昔、光にスケートを教えてあげたことがあった。自分がなんでも教えてあげようと思っていたが、光は氷の上に立つと、すぐにスーッと自分1人で滑《すべ》り始《はじ》めてしまった。

「すごいよ、光！　手を離《はな》してても、全然滑れるじゃん！　なんでも聞いて！　教えてあげる

から。俺《おれ》は銀メダリストの息子《むすこ》だから、スゴいんだよ！」

「うん……！　理凰みたいに上手になるように、がんばる！」

光は理凰の言葉を無邪気《むじゃき》に信じ、喜《よろこ》んでいた。そして、あっという間に、理凰よりもうまくなってしまった。

突《つ》きつけられた才能《さいのう》の差は、そのまま劣等感《れっとうかん》となり、理凰を終わりのないスランプに陥《おちい》らせている。

理凰は、スケート靴《ぐつ》を膝《ひざ》の上に抱《かか》えたまま、駐車場《ちゅうしゃじょう》の片隅《かたすみ》にぼんやりと座《すわ》り込《こ》んだ。

脱《ぬ》いだスニーカーの上に、素足《すあし》をのせる。

両足とも傷《きず》やアザだらけで、足首にはがっちりとテーピングがされていた。

足がこんなになるまで練習しても、光には追いつけない。それればかりか、いのりにまで抜《ぬ》かされてしまった。

しばらくぼうっとしていると、司が理凰を探《さが》しに外へと出てきた。

「あっ、理凰さんいた！　理凰さんの曲かけ、あともう1回あるよー」

理凰はそっけなく、「あいつのそばにいなくていいんですか？」と聞いた。

「よかったですね。3回転跳《と》ばせられて。何度も言うけど、俺は居候《いそうろう》なんで、ほっておいてください」

司は「ほっとけないよ！」と即答《そくとう》した。

「理凰さんも俺《おれ》の生徒なんだから。俺は3回転跳《と》ばすって、星に誓《ちか》ったんだから！」

「そのテンションがちょっと怖《こわ》いんですよ……なんでそんなパッション強いんですか……」

「逆《ぎゃく》になんで理凰さんはそんな悲観的なの？　そんなにスキルが高いのに」

「先生は同じ立場でも、悲観的にならないんですか？」

理凰は、苦い思いをぶつけるようにして、質問《しつもん》を返した。

「全日本ノービスに出場しても表 彰 台《ひょうしょうだい》を逃《のが》して、4連覇《れんぱ》は不可能《ふかのう》。光みたいに11歳《さい》で3回転《トリプル》ルッツ＋3回転《トリプル》ループどころか、3回転もできない。長野合宿に行けても、シードには選ばれない。銀メダリストの息子《むすこ》っていう最高のポジションでこの程度《ていど》ですよ。『お金があれば、時間があれば、指導者《しどうしゃ》がいれば』って、理想と違《ちが》う結果になったとき、みんなは『アレがあれば』ってあきらめられる。才能《さいのう》じゃなくて、環 境《かんきょう》のせいにできる」

目頭《めがしら》が熱くなり、理凰はうつむいた。

かすれた声でつぶやく。

「俺は、全部あるから、なんのせいにもできない……」

すると司は、しゃがみ込《こ》んで理凰と目線を合わせると、さりげない口調で聞いた。

「……理凰さんは……夜鷹 純《よだかじゅん》を目指してるの？」

予想外の質問に、理凰の涙《なみだ》が引っ込んだ。

「は？」

司は「話戻《もど》してごめん！」と、あせりながら説明した。

「さっき言ってたことって、過去《かこ》の選手がやったことだよね？　ノービスB時代に3回転《トリプル》ルッツ＋3回転《トリプル》ループと3回転《トリプル》アクセルも覚えて……長野の合宿で毎回シード選ばれて……ノービス4連覇《れんぱ》。同じ経歴《けいれき》のメダリストは、夜鷹純だけだよ！」

自分が、夜鷹純を目指している？

そんなわけがない──理凰は頭の中でそう思おうとしたが、同時に、心の奥《おく》で何かが動き出すのを感じた。

そういえば確《たし》かに、司の言うとおり、昔、夜鷹に憧《あこが》れていた時期があった気がする。だから、夜鷹の指導《しどう》を受ける光が、すごくうらやましかった。

自分も夜鷹に教えてもらいたい。

そんな思いが募《つの》り、あるとき、理凰は勇気を振《ふ》り絞《しぼ》って、夜鷹にこう頼《たの》んでみたことがあった。

「あの……夜鷹さん！　あの……いきなりすみません……。俺《おれ》も……1度だけ、光と同じレッスンがしてみたいんですけど」

すると夜鷹は、たった一言、冷たく言い放った。

「邪魔《じゃま》だよ」

その言葉は、理凰の胸《むね》にナイフのように深く突《つ》き刺《さ》さった。

ショックを受ける理凰を見かねたのか、あとで父がなぐさめてくれた。

「純くんは特別な約束で、光のコーチをしてるんだ。気になるのはわかるが……父さんで我慢《がまん》してくれ」

「が……我慢なんてしてないよ！」

理凰は強がって、そう答えた。

「俺《おれ》は父さんのほうがいい！　ちょっと気になっただけだしっ！　それに、俺、あの人嫌《きら》いだから……」

この一件《いっけん》以来、理凰は夜鷹への憧《あこが》れを手放した。冷たくあしらわれたことも、全て心の奥底《おくそこ》に封《ふう》じ込《こ》め、なかったことにした。

それなのに、今、司にその記憶《きおく》のフタをこじ開けられてしまった。自分でも忘《わす》れたつもりだった感情《かんじょう》を、司の鋭《するど》い観察眼《かんさつがん》によって、あっさりと見抜《みぬ》かれてしまったのだ。

「理凰さんは、狼嵜《かみさき》選手みたいにというよりも……『夜鷹純と同じ軌跡《きせき》をたどっている』狼嵜選手みたいになりたいと思ってるんじゃ……。滑《すべ》るときの癖《くせ》も、鴗鳥慎一郎《そにどりしんいちろう》先生より、夜鷹純に似《に》てるし……」

司にさらに指摘《してき》され、理凰は耐《た》えきれず「うわあああ……っ」と頭を抱《かか》えてしまった。そして、顔色を真っ青にしながら、唐突《とうとつ》に切り出した。

「俺《おれ》……この世で一番嫌《きら》いなものが、ゴキブリと夜鷹純で……」

司は（2つある……）と思いつつも、だまって理凰の話を聞いた。

「もしゴキブリのスムージーを飲むか、アイツのタバコ買いに走るか選ばないといけなくなったら……絶対《ぜったい》、ゴキブリを飲む……」

（その姿《すがた》を見たら、夜鷹純も自分で買いに行くだろうな……）と、司は内心でつぶやいた。

ともかく、それくらい理凰は、夜鷹純を嫌っているということだ。そして無意識《むいしき》に、夜鷹と自分を比《くら》べて、劣等感《れっとうかん》を抱《いだ》いていたのだろう。

「え……じゃあ今まで俺は、アイツに縛《しば》られてたってこと？　俺が憧《あこが》れてたものってクソジジイが作り上げた幻想《げんそう》だったってわけ？」

受け入れがたい事実に気づき、理凰はパニックに陥《おちい》りかけていた。そんな理凰の様子をじっと見つめると、司は突然《とつぜん》理凰を抱《かか》え上《あ》げ、まるでアイスダンスのリフトのように、理凰の体を横にして両肩《りょうかた》の上にかついだ。

「⁉」

理凰は驚《おどろ》き、降《お》り方《かた》がわからず体を硬直《こうちょく》させた。

「つかまってて！」

司はそう言うと、理凰をしっかりとかついだまま、ダダダッと全速力でアイスリンクへと戻《もど》っていった。


司が理凰を肩《かた》にかついで戻ってくると、瞳《ひとみ》と那智は「あっよかった、帰ってきた！」「おかえりなさあ〜い！」と、何事もなかったかのように2人を迎《むか》えた。

「瞳先生、最後に理凰さんの曲を入れられますか……」

司が頼《たの》むと、瞳は笑顔《えがお》で「いいよ！」と応《おう》じた。

「順番飛ばしたぶん、2回滑《すべ》る？」

「理凰さんの曲、1回、俺《おれ》が滑ります」

司の言葉に、瞳がぽかんと口を開けて驚《おどろ》く。

生徒の演技《えんぎ》を、コーチが最初から最後までフルで滑るなど、めったにないことだ。

司がスケート靴《ぐつ》を履《は》いてアイスリンクに入ると、たちまち生徒たちが気づいてざわつき始めた。

「え〜！　司先生が滑るの？　なんでなんで？」

「見たーい！　楽しみー！」

「転んでも笑わないから！」

「先生、がんばれ〜！」

声援《せいえん》が飛《と》び交《か》い、リンクの隅《すみ》にはあっという間にギャラリーの集団《しゅうだん》が出来上がる。

「本当になんで先生が滑《すべ》るんだろう？」

「理凰くんのためのレッスンだって」

生徒たちのそんな会話が聞こえてくると、理凰はなんだか気まずかった。かといって司の滑りを見ずに出ていくわけにもいかず、リンクの隅で硬《かた》くなっていると、いのりがやってきた。

いのりは、フゥーッ、とため息をつくと、気だるげに理凰を見た。

「理凰くん……こんなありがたいことないから、ちゃんと見たほうがいいよ」

オレの司を見なよと言わんばかりの、偉《えら》そうな態度《たいど》だ。

理凰は「本当になんなの？」と声を荒《あら》らげた。

「この展開《てんかい》、全然、意味わかんないんだけど。だいたい、踊《おど》れんの？　俺《おれ》、先生に、1回しかプログラム見せてないけど！」

「踊れるよ〜！」

瞳が明るく言った。

「司先生は、1度見たら、だいたい覚えられる」

司はギャラリーの視線《しせん》を浴びながら、緊張《きんちょう》した面持《おもも》ちでスケートリンクの中央へと進み、シャッと静止してポーズをとった。

曲が始まると、振《ふ》り付《つ》けを正確《せいかく》に踊《おど》り始《はじ》める。

長い腕《うで》の指先まで、優雅《ゆうが》に洗練《せんれん》された動きだ。普段《ふだん》ののほほんとした司とのギャップに、生徒たちの胸《むね》がドキッと高鳴る。

司はゆっくりとターンして、バッククロスで滑《すべ》り始《はじ》めた。

優雅な動きから一転、その素早《すばや》い動きに、生徒たちは衝撃《しょうげき》を受けた。

「バッククロス速《はえ》ぇええ！」

「最速になるのが早すぎる……」

彼《かれ》らがいつも練習で注意されているバッククロスが、司の手にかかるとまるで別物のように見える。

理凰も目を奪《うば》われていた。

司は体をそらし、腕をゆるやかに曲げ、曲線を描《えが》いて滑り続けていく。

「すご――――い!!」

「司先生がイケメンに見える錯覚《さっかく》が起きてる！」

「ヤバイ！」

ダイナミックな迫力《はくりょく》と、優雅《ゆうが》な美しさを両立させている司の滑《すべ》りに、生徒たちはワイワイと興奮《こうふん》し、色めき立った。

那智も（うわあ。私《わたし》ぜってえもう、あんなふうに踊《おど》れねえ……）と驚愕《きょうがく》している。

司の実力をみんなに見せつけることができて、いのりは鼻高々だ。一方、ミケは、ジャンプがないと選手の実力がよくわからないようで、果たして司はうまいのかと首をひねっている。

「司先生ってこんなに上手だったんだね……」

「元気がいいだけの人じゃなかったんだ……」

生徒たちがヒソヒソと話し合う声が聞こえてくると、理凰は心の中で（違《ちが》う……）と首を振《ふ》った。

（確《たし》かに予想以上にうまかった……でも驚《おどろ》いたのはそこじゃない）

瞠目《どうもく》し、司のスケートをじっと見つめる。

（この人……ジャンプ以外のスケーティング全部が、夜鷹純にそっくりだ）

score12

朝が来る

いのりは、これまでに何度も、司《つかさ》のスケートを見たことがある。

でも、何度見ても、いつも、まるで初めて見たように心を奪《うば》われてしまう。

滑《なめ》らかに、素早《すばや》く、そして繊細《せんさい》で力強く。

深く傾《かたむ》くブレードが天井《てんじょう》の明かりを反射《はんしゃ》してピカッと光り、長い手足が大きな円を描《えが》きながらゆったりと宙《ちゅう》を舞《ま》う。

その動きを目の当《ま》《あ》たりにするたび、いのりはいつも、心が震《ふる》えた。

(息が止まりそうなくらい、きれいなスケートができる、わたしの自慢《じまん》の先生……)

周りの生徒たちも、司の滑《すべ》りに驚《おどろ》きを隠《かく》せない様子だった。

「うわっ、先生スピンもやってる！」

「スピンできるなんて、司先生ってシングルの選手だったの？」

「アイスダンスもあるでしょ」

「ジャンプは跳《と》ばないのかな……」

司はステップを踏《ふ》みながら、ヅッ——ッとなめらかに滑《すべ》っていく。

（ステップの中でまた加速？）

理凰《りおう》は思わず息をのんだ。

（すごい……。もしかして……スケーティングだけなら夜鷹純《よだかじゅん》よりうまいんじゃないか？）


司は滑りながら、頭の中で理凰のプログラムを確認《かくにん》していた。

（次、理凰さんが3回転《トリプル》サルコウ挑戦《ちょうせん》したところ……。ここはたぶん、ジャンプありきの振《ふ》り付《つ》けになってるはずだから……一《いち》か八《ばち》か……）

司はジャンプが得意《とくい》ではない。

しかし、3回転は無理でも、1回転くらいなら、なんとか跳べるかもしれない。理凰のプログラムを少しでも正確《せいかく》に滑るため、司は少ない可能性《かのうせい》に賭《か》けて、ぐっと加速した。

「助走……？」

見ていた瞳《ひとみ》と那智《なち》が驚《おどろ》く。

バッ。

司は跳《と》び上《あ》がり、なんとか1回転《シングル》アクセルを跳んで着氷した。

「先生、ジャンプ跳んだよね⁉」

「そりゃ先生なら跳べるでしょ」

生徒たちの会話が聞こえてきて、司は内心で「跳べないよ……ごめん……」と謝《あやま》った。

先ほど理凰がプログラムを滑《すべ》ったときは、このときのジャンプで転倒《てんとう》してしまった。

だから司は、このあとの振《ふ》り付《つ》けがどうなっているのか見ていない。

（勝手な補完《ほかん》だけど、おそらく鴗鳥《そにどり》先生なら着氷後、連続ターンにして……）

頭の中で想像《そうぞう》しながら、司は次の動きを続けた。

軸足《じくあし》でふんばり、大きく回って、フライングキャメルスピンを披露《ひろう》する。

大柄《おおがら》な司の体がグルングルングルングルンと回り、その迫力《はくりょく》と美しさに生徒たちは熱狂《ねっきょう》した。

「うおおおおおおっ!!!!」

「こんな背《せ》が高い人のフライングキャメル、生で初めて見た」

「ギュルンギュルンだ！」

ガッ

「脚《あし》が5メートルある⁉」

理凰も驚愕《きょうがく》し、（見せてないのに振《ふ》り付《つ》け合ってる……）と思わず目を見張《みは》った。

瞳もまた、心の中で司に語りかけていた。

（司くんよかったね……得意《とくい》のキャメル褒《ほ》められて……）

瞳がアイスダンスで司とカップルを組んでいたときは、いつも瞳が主体に見える振り付けだった。

（けど、コレオのスピニング・ムーブメントだけは、司くんの脚の長さを生かしたスピンにしてたのよね）

コレオグラフィック・スピニング・ムーブメントとは、アイスダンスの要素《エレメンツ》の1つ。音楽を表現するために自由な振り付けができるのだが、お互《たが》いがホールドしたままスピンを最低2回以上回転していることが条件だ。司の長い足のスピンの迫力《はくりょく》を評価《ひょうか》していたコーチが「ここは絶対《ぜったい》に司メインにしてキャメルスピンを使おう」と提案《ていあん》していたのだ。

（懐《なつ》かしい……）

当時のことをしみじみと思い出しつつ、瞳は隣《となり》にいる理凰に声をかけた。

「理凰くん、どう？　司先生、上手でしょ」

「えっ⁉　あ……」

理凰が答えに詰《つ》まっていると、いのりがすかさず「上手です！」と口を挟《はさ》んだ。

瞳は微笑《びしょう》して続ける。

「アイスダンスってね……氷の上で二人三脚《ににんさんきゃく》するのと同じなの。二人三脚って息が揃《そろ》ってないと転んじゃうでしょ。実力差があったら基本《きほん》のステップも踏《ふ》めないんだ」

司は出会ったとき、経歴《けいれき》が何もないスケーターだった。

だけど「リンクへの執念《しゅうねん》」は誰《だれ》にも負けなかった。

絶対《ぜったい》にこのチャンスを逃《のが》したくない、という思い。

絶対に氷の上を自分の居場所《いばしょ》にしたい。全身からそんな叫《さけ》びが聞こえてくるようだった。

「……司先生はスタートが遅《おそ》くても、実力を伸《の》ばすことをあきらめなかったの。そして10年以上のキャリアの差がある私《わたし》と、カップルを組んで全日本に出場することができた。『才能《さいのう》がある人』ならできることじゃない。本当にすごいことを成《な》し遂《と》げたアイスダンスの選手なんだよ」

理凰はじっと司のスケートを見つめ続けた。

つい先ほど、自分が司に問いかけた質問《しつもん》が頭の中を巡《めぐ》っていた。

——先生は同じ立場でも、悲観的にならないんですか？

その答えが、今、目の前で滑《すべ》っている司の姿《すがた》に見えていた。

シュルンッ。

バッ。

ぐるっ。

司はスッとポーズをとり、演技《えんぎ》を終えた。

音楽がやんでも、生徒たちは司の姿《すがた》に目を奪《うば》われたままだ。

しかし、その余韻《よいん》も消えないうちに、司は突然《とつぜん》「ああっ！」と声をあげながら勢《いきお》いよく振《ふ》り返《かえ》った。

「ねえ今ってやっぱり、整氷の時間に食《く》い込《こ》んでるよね？　ごめんみんな～っ、整氷でーす！」

演技中の真剣《しんけん》な表情《ひょうじょう》から一変して、司はいつもの明るく元気な雰囲気《ふんいき》に戻《もど》っている。拍手《はくしゅ》をする暇《ひま》もないままあっけに取られる生徒たちに、司はてきぱきと道具を配り始めた。

「ハイ、バケツ！　スコップは早い者勝ちだよ！　ハイ、どうぞ！　ハイどうぞ！　俺《おれ》のせいであわてさせちゃってごめんよ～」

と、申《もう》し訳《わけ》なさそうに言いながら、司は生徒たちを整氷作業に引き込んでいった。

練習のあとには、ジャンプのときに空けた穴《あな》を埋《う》める作業が待っている。穴の中にカキ氷のような細かい氷を詰《つ》め、スコップで表面を均《なら》すのだ。整氷車だけでは完璧《かんぺき》に穴を埋《う》めることができないため、この手作業が重要だった。

「みんな〜っ、氷足りてる〜っ？」

司は生徒たちの間を忙《いそが》しく走り回り、誰《だれ》か困《こま》っている人はいないか確認《かくにん》している。

生徒たちはそんな司の姿《すがた》を見て、（さっきの司先生は幻《まぼろし》だったのかな……）と首をかしげた。あの優雅《ゆうが》で力強いスケートを見せた司と、今目の前で走り回る司が同一人物だとはとても思えない。

「先生カッコよかったね」

「また見たいなあ〜」

みんなが話している声が耳に届《とど》き、いのりは得意満面《とくいまんめん》だった。

彼女《かのじょ》にとって、司は誇《ほこ》りであり、自慢《じまん》の先生だ。

「イノリそっち氷ある？」

ミケが近くに来たので、いのりは期待して聞いた。

「ミケちゃん！　どうだった？　司先生すごかったでしょ」

「ミケはすごいジャンプ跳《と》ぶ人がうまいと思うもんで……。イノリの先生、ジャンプ1回しか跳ばんかったからわからんかったわ……」

「えー！」

いのりは不満げに声をあげると、すぐそばにいた理凰にも問いかけた。

「理凰くんは上手だと思ったよね⁉　先生見て、うっとりしてたもんね⁉」

「ちょっとだまってて……」

小さくつぶやくと、理凰は黙々《もくもく》と整氷を続け、そのまま司に近づいた。

演技《えんぎ》の見本を見せてくれた司に、お礼を言いたい気持ちは、ある。しかし、なかなか勇気が出ない。

結局、理凰は何も言わず、司のそばにしゃがみ込《こ》んで、無言のまま再《ふたた》び整氷を始めた。

心臓《しんぞう》がドクン、ドクンと高鳴る。

司もまた、そんな理凰に何も言わなかった。

「はい、整氷車入るよ～！　みんなもう上がって～」

瞳が声をあげると、理凰はビクッとして顔を上げた。

リンクサイドに上がって全員で最後のあいさつを終え、今日の練習は終了《しゅうりょう》だ。

「明日《あした》は7時、リンク集合ね～」

「おやすみなさ～い」

みんなホテルへ帰っていく。

理凰も帰る準備《じゅんび》をしながら、司の姿《すがた》を探《さが》したが、結局話しかけられなかった。

翌朝《よくあさ》。

アイスリンクが開くと同時に、司はやってきた。

「おはようございます！　今日もよろしくお願いします！」

表玄関《おもてげんかん》を開けてくれたスタッフにあいさつすると、スタッフも「よろしくお願いします～」と愛想《あいそ》のいい笑顔《えがお》を返してくれる。

司がそのまま玄関を通ろうとしたそのとき、背後《はいご》から声が聞こえてきた。

「おはようございます」

驚《おどろ》いて振《ふ》り返《かえ》ると、そこには理凰が立っている。

「理凰さん……？　氷に乗れるの、1時間後だよ？　まだ6時前……」

「知ってます。明浦路《あけうらじ》先生が誰《だれ》よりも早くいるだろうと思ったから、これを」

理凰は、四つ折りにした1枚《まい》の紙を取り出すと、緊張《きんちょう》した様子で司に差し出した。

それは、合宿初日に提出《ていしゅつ》された「目標達成シート」だ。

ずっと白紙だった目標の欄《らん》に、几帳面《きちょうめん》な字で「3回転＋2回転をとぶ」と書かれている。

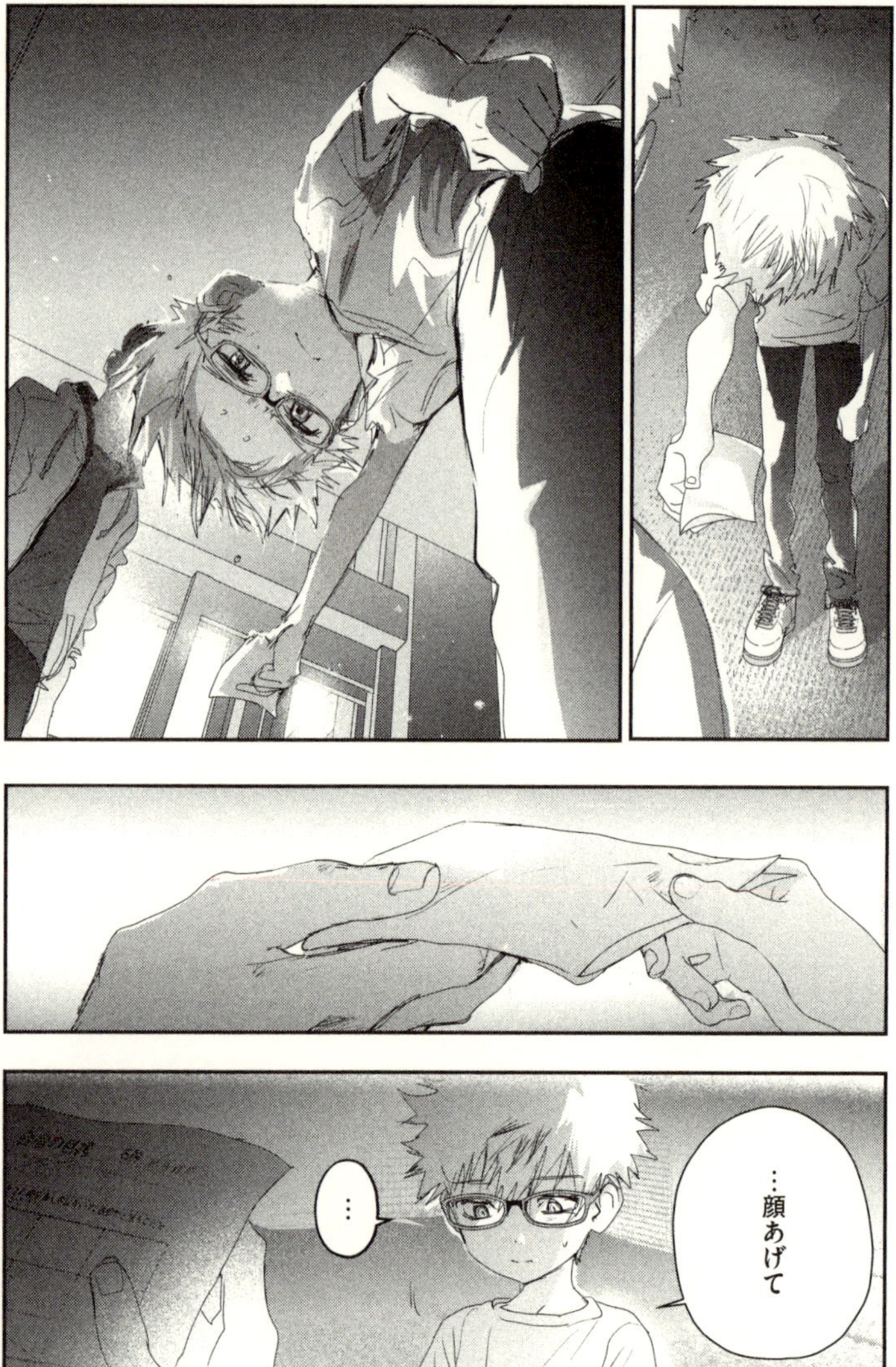
…顔あげて
…

理凰なりに、司に対しての無礼を詫《わ》び、心を入《い》れ替《か》えたことを伝えようと考えて、行動してくれたのだろう。

「……顔上げて」

司がそっと言い、理凰は顔を上げた。

すると、司は鼻の頭を真っ赤にして泣いていた。両頬《りょうほお》が涙《なみだ》でぐっしょりと濡《ぬ》れている。理凰が目標達成シートを書いてきてくれたことに、じーんと感動しているようだ。

「うわっ……」

理凰が思わず声をあげると、司は気まずそうに言った。

「いや、やっぱ横向いててくれる？」

「先生は……外ヅラ作ったほうがいいですよ」

理凰が、ほっとした表情《ひょうじょう》で言う。

「そんなもの、こんな立派《りっぱ》な生徒の前では作れないよ………」

そう言うと、司は、ありがとう、と心の中でつけたした。

司の感謝《かんしゃ》が伝わったのか、理凰は「ん、んっ」とぎこちなく咳払《せきばら》いをした。

「改めて今日もよろしくお願いします。明浦路先生」

その直後、ドパン！　と大きな音がした。

「えっ⁉　何？　銃声《じゅうせい》？」

司は驚《おどろ》いて、理凰と一緒《いっしょ》に音の聞こえたほうへ行った。

すると、駐車場《ちゅうしゃじょう》に停車《ていしゃ》した1台の軽トラから、煙《けむり》が上がっている。

「大丈夫《だいじょうぶ》ですかー⁉」

司が走っていくと、明るい色の髪《かみ》を長く伸《の》ばした、運転手らしき若《わか》い男が立っていて、司に向かってビシッと親指を立てた。

「これ俺《おれ》のじいちゃんの車なんで、大丈夫ッス！」

理凰は思わず心の中で（何が大丈夫？）と突《つ》っ込《こ》んだ。

しかし、司はその若い男と目が合うと、シュバッと走《はし》り寄《よ》り、「ハァイ！」と肩《かた》をぶつけ合ってあいさつを交《か》わした。

「やったー！　来てくれてありがとうございます！　今日はどうやってこちらへ？」

「あの車で高速で来ましたァ！」

「け……軽トラで高速を？」

楽しそうに話す司と若い男を見て、理凰はスッとその間に割《わ》って入った。

「部外者はお帰りください」と、出口のほうを手で指《さ》し示《しめ》す。

「ちょっと、ちょっと理凰さん」

あわてる司に、「こちら不審者《ふしんしゃ》タイプの人ですよね？」と、理凰が鋭《するど》く問《と》い詰《つ》める。

若《わか》い男は少し驚《おどろ》いて「ソレ何で分けられてるタイプ⁉」と聞き返した。

司は苦笑いしながら説明する。

「俺《おれ》が呼《よ》んだんだよ！　今の完全に知り合いのやりとりだったでしょ？」

「先生が知り合いと思《おも》い込《こ》んでいる可能性《かのうせい》は……？」

理凰にさらに疑《うたが》いの目を向けられ、司は（う、疑い深い……）と困《こま》りながらも、

「この人は特別指導《しどう》をしてくれる先生だよ！」

と、告《つ》げた。

「軽トラ以外は、準備《じゅんび》オッケーっすよオ！」

男が元気に言う。彼《かれ》が一体、なんの指導をしてくれるというのだろうか。

そのとき、いのりが「先生ーっ、おはようございまーす！」と元気よく走ってきた。

いのりの隣《となり》にはミケもいて、若い男を見た瞬間《しゅんかん》「うわっ、なんかヤンキーおる……」と引いている。

しかし、この男こそ、司が合宿のために招《まね》いた貴重《きちょう》な人材だ。

これから、合宿の特訓その２がいよいよ始まるのだ。

score13

白《しろ》猫《ねこ》のレッスン

「ミケちゃーん、もう着れた？」

いのりが更衣室《こういしつ》から顔を出して聞くと、ミケもひょこっと顔をのぞかせ、こくこくこくこくんっと連続してうなずいた。

「じゃあいくよー、せーのっ」

ぱっ

レオタードに着替《きが》えたお互《たが》いの姿《すがた》を見るなり、「かわいい〜っ！」と2人は引っつき合って大興奮《だいこうふん》した。

司《つかさ》が準備《じゅんび》してくれた、合宿の特訓その2。

それはバレエのレッスンだった。

他の生徒たちもレオタードに着替え、レッスン室に集合する。瞳《ひとみ》がみんなに向かって説明した。

「フィギュアのトップ選手の多くは、バレエの基礎《きそ》をしっかりと学んでいます。今日は特別にバレエの先生をお呼《よ》びしました！」

「名古屋《なごや》のバレエ教室から来たシロネでーっす！　ヨロシャス」

元気よくあいさつをするのは、白根琥珀《しろねこはく》。バレエ教室「N＊K《エヌケー》」の講師《こうし》で、21歳《さい》だ。

司が続けて説明する。

「シロ先生は、国内大会で優勝経験《ゆうしょうけいけん》もあるすごい先生だよ！」

理凰《りおう》は驚《おどろ》きつつも、「あの……さっきの軽トラはどうなったんですか？」と白根に尋《たず》ねた。

「ソレね！　JAF《ジャフ》に直しに来てもらった！　車の状態《じょうたい》が酷《ひど》くて、高速乗ったことガチめに叱《しか》られたわ!!!」

「なんでそんな明るく言えるんですか……」

「司先生が代わりに怒《おこ》られてくれたから……」

白根の答えに、理凰は（サイテー……）と、あきれた。

このノリが軽い男が、バレエの先生だなんて、なんだか信じられない。

白根はみんなの前に立つと、まずは準備運動《じゅんびうんどう》を始めた。

「手首足首、しっかり回して前屈《ぜんくつ》ウ〜」

そう言いながら、さらりと足を180度よりさらに大きく開き、腰《こし》をのけぞらせる姿勢《しせい》を披《ひ》露《ろう》する。見ていたみんなは、（すごい角度で曲がってる……）と、その驚異的《きょういてき》な柔軟性《じゅうなんせい》に目を見張《みは》った。

バレエにはさまざまな要素《ようそ》があるが、白根は今回、フィギュアで必要になる部分を抽出《ちゅうしゅつ》して教えてくれるという。

「バレエやったことある子〜⁉」

白根が聞き、生徒たちの間でちらほらと手が挙がる。

理凰とミケもスッと手を挙げ、いのりはそれを見て驚《おどろ》いた。

「えっ、２人ともバレエやったことあるんだっ……」

「週１でクラブにバレエの先生来るから……俺《おれ》と光《ひかる》は２日おきだけど」

理凰が答えると、いのりはその頻度《ひんど》に驚いて、「すごいやってる……！　ミケちゃんは？」

と尋《たず》ねた。

「スケートのために始めたけど、つまらんくて２日でやめた」

ミケらしい答えに、いのりは「そ、そう……」と返す。

準備運動《じゅんびうんどう》を終えると、いよいよレッスンが始まった。

「バレエのレッスンはァ、姿勢《しせい》を覚えることから始まるんで！　ジャッ、まずはアン・バー！　両腕《りょううで》を下にするこのポーズ！　脇《わき》にゲンコツサイズの空間作って〜！　このときずっとバレエの手ね！　先生の手、注目！　爪《つめ》の先まで伸《の》ばして〜！」

いのりは、（爪の先までってこうかな……）と指先を伸ばしながらポーズをとった。

「じゃあ次はアン・ナヴァン！　ボールを抱《だ》っこしてる感じねェ！　手のひらはお腹《なか》のほうに向けるッ！」

言われるがままに、今度はアン・ナヴァンと呼《よ》ばれる、お腹にボールを抱《かか》えたようなポーズをとる。

「アン・オー」

「ア・ラ・スゴンド」

「ルルベ」

「タンデュ」

白根が次々と指示《しじ》を出し、みんなはそれに従《したが》って動いた。

司、瞳、那智《なち》は、生徒たちの気が散らないよう、ついたての後ろに隠《かく》れて見守っている。

一通りの練習が終わると、白根は、

「じゃあ音楽に合わせて続けてやりマッッス〜！　いくよ〜」

と、音楽を流し始めた。

（えっ続けて？　どれに何を気をつけるんだっけ……）

いのりはアワアワと音楽に合わせて動き出した。

でも、全然ついていけない。

ふと横を見ると、他のみんなはスムーズに動いていた。

（え⁉　みんななんでできるの……）

特に理凰は上手で、「え⁉　メガネの子超《ちょう》うまくない？　ヤベーじゃん！」と白根も驚《おどろ》いている。

どうしたらそんなふうに動けるのかと、いのりは理凰をじっと観察した。理凰はその視線《しせん》に気づき、（こいつ……めちゃめちゃ見てくる……）と嫌《いや》そうだ。

「そこのピンクの子、指先忘《わす》れてるよ～！」

白根に指摘《してき》され、いのりはビクッとして指先を伸《の》ばした。

「ふああ！」

（さっきまで覚えてたのに……！）

バレエ初心者のいのりは、その後も、何かと白根の指示《しじ》と違《ちが》う動きをしてしまう。

「肘《ひじ》は外向きだよォ！」

「あっ」

「上でもボール抱《かか》える感じでねェ！」

「あっ」

「5分休憩《きゅうけい》したら部屋の真ん中でセンターレッスンやりまアッス！」

ようやく練習が一区切りついたころには、いのりはすっかり落《お》ち込《こ》んでいた。

自分がこんなにバレエができないなんて、思ってもみなかったのだ。

「イノリ……」

暗い表情《ひょうじょう》のいのりに、ミケが声をかける。

「まあイノリ3回転もできるだし、バレエなんてやらんでいいらぁ。あ～！　ミケも氷に戻《もど》って3回転の練習したいなぁ～」

「やる気ないな……。なんのためにバレエやってんのかわかってんの？」

理凰が苦い顔で言うと、ミケは「知らんでいい！　だるい！」と即答《そくとう》した。

「バレエのジャンプ教えてくれるならマシだけど、手足パタパタしとるだけで意味ある？　コレ」

「み、ミケちゃん……ミケちゃん……っ」

言いたい放題のミケを、あわてていのりが注意しようとしたが、白根にはすでに聞こえてしまっていた。

ショックを受けた白根は、ススススッと横に移動《いどう》して、ついたての陰《かげ》にいた司を引《ひ》っ張《ぱ》り出《だ》した。

「えっ、あっ、どうしたんです？」

司が困《こま》った顔で出てくる。

「ガチで先生に頼《たよ》らないとメンタルが瀕死《ひんし》です！　あっはは！」

司は（そ……その明るさで？）と驚《おどろ》きつつ、白根の話を聞いた。

白根は、生徒たちのやる気を引き出せず、かなり落《お》ち込《こ》んでいるようだ。

「やっぱりもっと簡単《かんたん》な『バレエ楽しいよコース』がよかったんじゃないスかね……!?　頼《たの》まれた指導内容《しどうないよう》だと、ちびっ子には地味くねって思ってたんで、みんなのあの反応《はんのう》、超《ちょう》わかるんスけど」

「大丈夫《だいじょうぶ》ですッ。打ち合わせどおりで！」

「てかさりげに超今さらなんスけど、なんでフィギュアの子にバレエ教えるといいんですかあ!?」

「え!?　ええっと……姿勢《しせい》……！　姿勢の大事さを知ってもらうためです！」

司がそれだけ言うと、白根は「！」と目を見開き、

「ガチ完全に理解《りかい》しました！　あざっす！」

と納得《なっとく》して、司の背中《せなか》をぐいぐい押《お》して、ついたての後ろに帰らせようとした。

「あっ、もういいんです……？」

司がついたての中へと入っていくと、白根は再《ふたた》び生徒たちに向き直った。

「みんな〜ッ！　こっち注目〜〜!!!!」

改めてみんなの前に立つと、スッと背筋《せすじ》を伸《の》ばし、軽く息を吸《す》って、タンッと跳《と》び上《あ》がる。

そして、キュルルルルッと空中で回転して、トンッとまた床《ゆか》の上に戻《もど》ってきた。

（さ……3回転だ。陸上で!?）

白根のジャンプに、いのりは度肝《どぎも》を抜《ぬ》かれた。他のみんなも「すごい」「3回転だ」「3回転……」と驚《おどろ》いている。

「この……着地！　今着地したときも、脇《わき》にちゃんとゲンコツの空間あったでしょ」

「！」

いのりははっとした。

（ほんとだ……降《お》りたあともずっと、アン・バーだった。簡単《かんたん》そうに降りてたから、すごさに気づけなかった……）

「マジ見て！　ジャンプしたあとなのに、この美しい姿勢《しせい》！　バレエやってると、自分の体へ

ぐんっ
タンッ
キュルルルルッ
さ…
3回転だ
陸上で!?

の意識《いしき》が変わって、どんなときも姿勢《しせい》をコントロールしやすくなります！」

生徒たちが「どんなときでも……？」「コントロール……？」と、不思議そうにつぶやく。

「みんなも試合であせったとき……緊張《きんちょう》して体がうまく動かなくなることがあるでしょ？」

その言葉に、ミケは心当たりがあった。

去年の試合に出たとき、まさにミケは緊張で体がこわばり、連続ジャンプを跳《と》べなかったことがあったのだ。しかも失敗で頭が真っ白になってしまい、リカバリーをすることさえできなかった。

「凹《へこ》むと前屈《まえかが》みになるじゃん。マジ感情《かんじょう》っていろんな重力があるワケ。バレエのレッスンは毎日姿勢を確認《かくにん》する。バーレッスンで正しくてきれいな動きを確認、修正《しゅうせい》して、毎日毎日メンテナンスして、クセで必ず同じ角度でできるくらい体に覚《おぼ》え込《こ》ませる。体が美しい姿勢を覚えてくれてるから、心が自由になれる。感情を込めて演技《えんぎ》しても、姿勢はきれいなままで転んだりしない。だーから！　この超《ちょう》地味なバレエのバーレッスン、フィギュアの選手もやったほうがいいワケじゃん！」

生徒たちは納得《なっとく》した。

大人の言うことを素直《すなお》に聞かないミケでさえ、白根の言葉に耳を傾《かたむ》けていた。

ミケはバレエのレッスンをすぐにやめてしまった。もしやめずに、バレエのレッスンを続けていたら、去年の大会の結果は違《ちが》っていたかもしれない。

（あのとき、選ばんかったせいで……やっとった場合と4年も差ができとる……。こんなに遠くを眺《なが》めとる気持ちになるんだ……）

ミケの心に、後悔《こうかい》が押《お》し寄《よ》せる。

いのりも、今までバレエのレッスンを受けずにいたはずだ。きっと自分と同じように後悔しているに違《ちが》いないと、ちらりと横を見て様子をうかがうと、いのりは落《お》ち込《こ》むどころか、力強く前を見据《みす》えていた。

「よかった……今から積み重ねられる……」

いのりがつぶやき、その言葉に、ミケは驚《おどろ》いた。

いのりはバレエをやってこなかったことを後悔するどころか、今からでも始められるとポジティブにとらえていたのだ。

「先生！　バレエって家でもできますか!?　毎日できるようにしたいんですけど！」

いのりが聞くと、白根は「お！　やる気じゃあん!?」と大喜《おおよろこ》びで、家でのバレエの練習法について教えてくれた。

「姿勢《しせい》ズレっから先生に見てもらうのが一番いいんだけどぉ、動画とか――……」

バレエのレッスンを終え、いのりたちは再《ふたた》び氷上での練習に戻《もど》った。

氷の上でジャンプを覚えることは大変だが、それをどうプログラムに組《く》み込《こ》むかはさらに難《むずか》しい課題だ。

まだ体力のある前半に入れれば、成功率《せいこうりつ》は上がる。しかし後半で跳《と》べば加点がつく。ただし後半は疲《つか》れていて、失敗するリスクがある。

演技《えんぎ》のなかでのジャンプの配置を考えながら、いのりは新しく習得《しゅうとく》した2回転《ダブル》アクセルを曲に合わせて跳ぼうとしていた。

しかし、一度跳べるようになったとしても、音楽にぴったり合わせるのには別の難しさがある。

いのりは何度も挑戦《ちょうせん》したが、なかなかうまくいかず、

「でっ」

と、氷に着地する瞬間《しゅんかん》、バランスを崩《くず》して転んでしまった。

そのたびに、振《ふ》り付《つ》けや跳ぶ位置を、細かく調整していく。

「ステップを少し小さくして、腕《うで》は手前に回してみようか」

振り付け担当《たんとう》の瞳に調整を提案《ていあん》され、いのりは「はい！」と元気よく返事をして、再《ふたた》び滑《すべ》り出《だ》した。

白根とのバレエレッスンで学んだことを思い出し、姿勢《しせい》を意識《いしき》しながら、指先まで神経《しんけい》を集中させる。

（着氷のことばかり考えていたら、姿勢が崩《くず》れちゃうんだ。姿勢覚えきれてないけど……指先だけは今日から絶対《ぜったい》にバレエの手にする！）

いのりはもう一度アクセルジャンプに挑《いど》んだ。

氷上でスピードをつけて、跳《と》び上《あ》がる。

そして、クルルルッと空中で回転し、見事に着氷した。

「いい！　いいじゃん！」

瞳が拍手《はくしゅ》を送り、司も「オッケーだって！」と声をかける。

「2回転《ダブル》アクセル、きれいにハマってたよ！」

司の言葉に、いのりの顔がパッと輝《かがや》いた。

「ほんとですか！」

「これで練習してみてね！」

瞳先生が微笑《ほほえ》んで言い、いのりは「ありがとうございます！」と明るくお礼を言うと、きゅっと表情《ひょうじょう》を引《ひ》き締《し》めた。

2回転《ダブル》アクセルと、3回転のジャンプ。

これでバッジテスト6級合格《ごうかく》に必要な準備《じゅんび》がすべて整った。

あとは氷上での練習を続け、完成度を上げるだけだ。


ミケもまた、氷上でのジャンプ練習に全力を注いでいた。

リンクに立つと、集中力を高め、シューッと鋭《するど》い音を立てて加速する。

ミケは、いのりほど、過去《かこ》を前向きにはとらえられない。バレエのレッスンに真剣《しんけん》に取り組んでこなかったことを、ずっと後悔《こうかい》している。けれど、その悔《くや》しさを、そのままにしておくつもりはない。

（やっとったほうがよかったこと、バレエの他にもあるかもしれん。でも、そのとき選べんかったこと、過去には戻《もど》れんしどうにもできん）

氷上を力強く滑《すべ》っていくミケの瞳《ひとみ》は、真剣そのものだ。

（それならミケは……！　勝って、これが正しい選択《せんたく》だったことにしてやるわ！）

滑るスピードをさらに上げ、しなやかな体の動きでジャンプに備《そな》える。

そして、氷上で、猫《ねこ》のように体を弾《はじ》き上《あ》げた。

シャッ！

空中でクルクルと回転し、見事に3回転《トリプル》サルコウを成功させて着氷した。

那智が大喜《おおよろこ》びでリンクに飛び出してきて、ミケを勢《いきお》いよく抱《だ》きしめる。

「太郎《たろう》〜〜〜ッ！　お前お前お前〜〜〜！」

「んぐっ……ガっ」

那智の力強いハグに、ミケは少し苦しそうだが、その顔は満足げだった。

一方、リンクの反対側では理凰も、同じように気合を入れて練習を続けていた。

司に言われた言葉を思い出しながら、氷の上を加速して滑っていく。

(振《ふ》り上《あ》げからの腕《うで》を引《ひ》き寄《よ》せるタイミング……。あと、明浦路《あけうらじ》先生が言ってたのは……)

——失敗しても見切らずに、何度も試《ため》していいんだよ。挑戦《ちょうせん》は気楽にしよう。

司の言葉を思い出し、すっと肩《かた》から力が抜《ぬ》ける。

司に指導《しどう》されたのと同じことを、父の慎一郎《しんいちろう》からもずっと指摘《してき》されていた。でも理凰はスランプを自覚してから、慎一郎の言葉を受け取れなくなっていた。

だけど、司の言葉なら、素直《すなお》に従《したが》える。

理凰は集中して、3回転《トリプル》トウループに挑《いど》んだ。

バッ！

大きく跳《と》び上《あ》がり、空中で回転する。

見事にジャンプを成功させ、しかもそれだけでは終わらなかった。

着氷した瞬間《しゅんかん》、すぐに踏《ふ》み切《き》りの姿勢《しせい》になり、再《ふたた》び跳《と》び上《あ》がって2回転《ダブル》トウループを続けざまに成功させたのだ。

その瞬間を見ていた司の目に、感動の涙《なみだ》があふれた。

(3回転初成功が連続ジャンプ⁉)

ジャンプを終えた理凰が戻《もど》ってくると、司は感極《かんきわ》まって「わ〜〜〜〜‼ 理凰さん……」と声を詰《つ》まらせた。

「感覚でもう2回転回れそうだったんで……」

淡々《たんたん》と答えながらも、理凰の声にはうれしさが滲《にじ》み出《で》ている。

その光景を見ていたミケは、「ぐぬううう……」と奥歯《おくば》をかみしめた。

ミケがようやく3回転を跳べたと思ったら、理凰があっさりと追いつき、しかも連続ジャンプまで成功させてしまった。どうにも気に入らない。

「ふんっ！　ミケも今からコンビネーションつけるとこだったたし！　3回転できたなら余裕《よゆう》だで！」

悔《くや》しさをバネにするように、ミケはシゴーッと助走をつけ、怒《いか》りのままに跳び上がって3回転《トリプル》サルコウ＋2回転《ダブル》トウループに挑《いど》んだ。

バッ！　クルクルクルッ！

宣言《せんげん》どおり、ミケは連続ジャンプを成功させた。

自信満々に着氷し、ドヤ顔で振《ふ》り返《かえ》る。

「ほらできた、余裕《よゆう》〜っ！」


氷上で2人が軽《かろ》やかに跳《と》び、着地するたびに、いのりの胸《むね》の中で何かがギュッと締《し》めつけられるような感覚が走った。

「実は3＋2って、3回転が跳べたら余力《よりょく》ですぐできるんだよなぁ。2＋3とか3＋3は超《ちょう》ムズいけど」

那智が、ハハハ……と笑いながら説明するが、いのりは笑えなかった。

3人の中で最初に3回転ジャンプを成功させたのは自分だった。それなのに、まさかこんなにあっさりと追《お》い越《こ》されてしまうなんて。

このままでは、2人に取り残されてしまう。

「ワ……、アワ……わたしも今、3回転＋2回転練習していいですか⁉」

いのりはあせる気持ちを隠《かく》しきれず、早速《さっそく》リンクに出て、連続ジャンプの練習を始めた。

しかし、何度も助走をつけて跳《と》び上《あ》がるものの、なかなか成功しない。

「んにゃああっ！」

やがて、自主練の時間が残り少なくなったところで、ようやく3回転＋2回転の連続ジャンプを成功させることができた。

なんとか2人に追いついたものの、3回転＋2回転の連続ジャンプを跳べるようになったのは、理凰、ミケ、そして最後にいのりの順だった。


合宿はその後も続いた。

白根によるバレエのレッスンは、いのりたちにとって新鮮《しんせん》な経験《けいけん》だった。繰《く》り返《かえ》し行われるバーレッスンや、ハードな柔軟体操《じゅうなんたいそう》を通して、正しい姿勢《しせい》を維持《いじ》することを体に覚えさせることを学んだ。

それからさらに、スケーティングの練習が連続して続いた。コーチの瞳がアイスダンス出身だからか、ルクス東山《ひがしやま》の練習メニューには、スケーティングの練習が非常《ひじょう》に多い。ジャンプ練習をしたい理凰やミケは、最初はそのメニューにじれったさを感じていた。

たくさん練習し、日が沈《しず》むころには、みんな疲《つか》れ果《は》てていた。

ホテルに戻《もど》ると、みんなで畳《たたみ》の上にゴロンと横たわったまま、動けなくなってしまう。

毎日の激《はげ》しい練習は、確実《かくじつ》に体力と精神力《せいしんりょく》を鍛《きた》え上《あ》げていた。しかし、少し慣《な》れればすぐに練習量が増《ふ》え、ハードさを増《ま》していく。

明日《あした》はきっと筋肉痛《きんにくつう》になるに違《ちが》いない。畳《たたみ》の上でぐったりとしていると、瞳が部屋に入ってきて、みんなに声をかけた。

「みんな～集合ー！　内緒《ないしょ》にしてましたが、今晩《こんばん》の夕ご飯はなんと！」

瞳の声に、みんなが一斉《いっせい》に顔を上げる。

その先に待っていたのは、思ってもみなかったご褒美《ほうび》だった。


「うわああ、バーベキューだあ！」

ホテルの外に設《もう》けられたバーベキューエリアに、色とりどりの食材が並《なら》んだセットが用意されているのを見て、子供《こども》たちは歓声《かんせい》をあげた。

広々としたエリアには、涼《すず》しい夜風が吹《ふ》き抜《ぬ》け、コンロの中からはパチパチと心地《ここち》のよい火の音が聞こえてくる。

「保護者《ほごしゃ》の皆《みな》さんにお礼言ってね～！」

瞳が言い、子供《こども》たちは一斉に「いたぁだきます!!」と声をそろえて食べ始めた。

炭火で焼かれた香《こう》ばしい肉を頬張《ほおば》って、みんなの顔に笑《え》みが広がる。

白根とミケはなぜか話が弾《はず》んでいた。白根がミケのネコ耳風《みみふう》の髪型《かみがた》に興味《きょうみ》を持ったのがきっかけだ。

「え？　ネコ好きだから髪型もそうしてんの⁉」

「意識《いしき》しとるのわかるら？」

「わかるわかる」

「これがミケのアイデンティティよ」

白根はそのセンスに感心し、「やってること芸術《げいじゅつ》じゃん……。パネエ〜〜〜……」と感動した。

そのまま2人は急速に打《う》ち解《と》け、肩《かた》を寄《よ》せ合《あ》って一緒《いっしょ》にセルフィーまで撮《と》っていた。

一方、隣《となり》のテーブルでは、理凰といのりが言い合っていた。

「つまり、3回転＋2回転は俺《おれ》が先に跳《と》んだわけだから、俺の明浦路先生がすごいってことで。やっぱり俺が言ったことも間違《まちが》いじゃない」

「なんで理凰くんの司先生になってんの！　わたしんだよ！」

初めは司に心を閉《と》ざしていた理凰も、今ではすっかり司を信頼《しんらい》しているようだ。いのりは、自分だけのコーチだった司が、今や理凰のコーチでもあることに少しジェラシーを感じていた。

そのとき、瞳が「今日は花火もできま～す！」と、両手に花火を掲《かか》げて子供《こども》たちに見せた。

子供たちは「やったー！」と色めき立ち、早速《さっそく》それぞれの手に手持ち花火を握《にぎ》った。

司も手際《てぎわ》よくバケツに水を汲《く》んできて、「終わったらこのバケツに入れるんだよ～」と声をかける。

「理凰くん。アリの巣、燃《も》やそうよ！」

総太《そうた》が理凰の腕《うで》を引《ひ》っ張《ぱ》りながら、無邪気《むじゃき》に提案《ていあん》する。理凰は「それはちょっと……」と断《ことわ》りつつも、総太と一緒《いっしょ》に花火をやり始めた。

いのりも、残っていた線香花火《せんこうはなび》を1本もらうと、司の隣《となり》にそっと寄《よ》ってきた。

「せんせ～……わたし、ここで花火してもいいですか……」

司は「いいよ～！」と笑顔《えがお》で応《おう》じたが、すぐにいのりが背中《せなか》に隠《かく》すように持っている小さなビニール袋《ぶくろ》に気づいた。

袋の中で何かがガサゴソと動いている。

「そのビニール袋、食事中に触《さわ》っちゃいけないもの入ってない？」

いのりが、ぎくっとした顔になる。

「違《ちが》います！　これは……っ」

「違《ちが》くないよね？　それ、いつものアレ入ってるよね」

「いつもと違うんです！　今回は色がかわいいし小さいから、司先生も大丈夫《だいじょうぶ》そうなミミズで……」

やっぱりミミズじゃないか。司は「捨《す》ててきて！」と即座《そくざ》に言った。司は細長い生き物が苦手なのだ。

仕方なく、いのりはミミズを土に返しに行き、戻《もど》ってくると、司に火をつけてもらって線香《せんこう》花火《はなび》を始めた。

「いのりさんはどうして、そんなものが好きになってしまったの？」

「えっ。かわいいから……」

「その独特《どくとく》な感性《かんせい》がどう生まれたか知りたいんだよ……」

いのりは少し考え、ぽつりと答えた。

「ミミズを見つけるとワクワクするから……それでだんだん好きになった気がします」

「ワクワク？」

「この子がいればスケートができたから……」

線香花火の火花を見つめながら、司は「いのりさん」と静かに切り出した。

「いのりさん。もうすぐ出遅《でおく》れたいのりさんじゃなくなるね。６級になれたら、いろんな大会に出場できる立派《りっぱ》な選手だ。5歳《さい》から始めた子たちに追いつくね」

「少し……寂《さみ》しいです」

「寂しい？」

「わたしは……出遅《でおく》れていたから……。先生と会う前の自分が本当に嫌《いや》だったから……。『このままじゃ嫌だ』っていう冷たい気持ちがあったから、スケートしてる子になりたくて悲しかったから、いっぱいがんばれたと思うんです。でも……6級になれたとき、冷たい気持ちの役目は終わる……。合格《ごうかく》したら、あのときの嫌《きら》いだった自分に、さよならとありがとうをしないとなって……」

司と会う前の、スケートをやらせてもらえない自分が嫌だったのに、そんな自分ではなくなることを寂しく思っている。そんな自分の感情《かんじょう》を、いのりはどう表現《ひょうげん》すればいいのか、よくわからなかった。

司はいのりの言葉にじっと耳を傾《かたむ》けたあと、「そっか……」とつぶやいた。

「ごめんなさい、わたしちょっと変……？　どう言えばいいのかわからなくて……」

「ううん！　よくわかるよ。すごくよくわかるから驚《おどろ》いたんだ。先生も今日、大嫌いだったときの自分のがんばりが、自分の味方になってくれるんだなって思ったよ。俺《おれ》も、ありがとうって思わないとな……」

遠くを見るようにしながらそうつぶやくと、司は「でも」といのりの顔へ視線《しせん》を移《うつ》して続けた。

「いのりさん。俺《おれ》はスケートを始める前のいのりさんも、ダメなんかじゃなかったと思うよ。初めて会ったときのいのりさんも、今のいのりさんも、ずっとがんばり屋《や》で偉《えら》いいのりさんだったよ」

いのりが照れくさそうに頰《ほお》を赤らめると、司は優《やさ》しく微笑《ほほえ》んで目を細めた。

「本当に今は、毎日とっても楽しいです。前はできないことは悲しかったけど、今は乗《の》り越《こ》えた先のキラキラが見たくてワクワクする。転んでも立ち上がれるって自分を信じられる」

線香花火《せんこうはなび》を見つめながら、いのりはその言葉をかみしめるように続けた。

「夢《ゆめ》を追いかけてるこの毎日が、大好き」

1か月後。

いよいよ、いのりの6級バッジテスト当日がやってきた。

朝早く、いのりは会場となる邦和《ほうわ》スポーツランドに到着《とうちゃく》した。

ここは去年、いのりが初めてバッジテストを受け、そして夜鷹《よだか》や光と出会った場所だ。

「光ちゃん……」

記憶《きおく》がよみがえり、いのりの胸《むね》が高鳴る。

去年、ここで光と出会ったときのことを思い出しながら、少し緊張《きんちょう》した表情《ひょうじょう》を浮《う》かべていると、背後《はいご》から聞き覚えのある声がした。

「いのりちゃん？　いのりちゃんだ！」

やわらかな風が吹《ふ》いて、レースのブラウスやスカートがふわっと揺《ゆ》れる。

その風の中に立っていたのは、黄色い瞳《ひとみ》と黒い髪《かみ》が印象的《いんしょうてき》な少女——光だった。

優《やさ》しいまなざしで、まっすぐにいのりを見つめている。

「光……ちゃん……」

光は去年よりも一段《いちだん》と輝《かがや》きを増《ま》し、美しさと自信にあふれている。

(前見たときより、きらきらしてる……)

光と会うと、まるで天使に会ったような気がしてしまう。いのりがその輝く姿《すがた》に見とれていると、光はそっといのりの顔をのぞき込《こ》んだ。

「小さいね……？」

「えっ！　光ちゃん、身長いくつになったの？」

「150だよ～」

ふわっ
光…ちゃん…
前見た時より
きらきらしてる…

ぴょんぴょんとジャンプしながら光が答えると、いのりは「えええっ」と驚《おどろ》いてしまった。

自分も身長が伸《の》びたと思っていたが、光はもっともっとたくさん成長していたのだ。

「いのりちゃん、今日ってバッジテスト？」

「うん！　6級」

「やっぱり？　じゃあ……」

光が微笑《びしょう》していのりを見つめる。

いのりの頭に、去年の記憶《きおく》がよみがえった。

以前、光はいのりの手を引いてスケートリンクを滑《すべ》り、ジャンプを見せてくれた。

あのとき、いのりは初めてのバッジテストに挑《いど》んだばかりで、光と大会で戦えるレベルにはほど遠かった。

しかし、あれから1年が経《た》ち、ようやくあと一息でその舞台《ぶたい》に立つことができるところまで来た。

「これでやっと光ちゃんと戦えるよ。待たせてごめん……今、そっちに行くから……大会で会おうね！」

強い決意を込《こ》めて言い、会場の中へと入っていく。

光は顔を輝《かがや》かせ、ぶんぶんと手を振《ふ》っていのりを見送った。

「全日本でね！　約束だよ！」

会場のロビーに到着《とうちゃく》すると、司が待っていた。

ノービスAという最前線に立つための、最後の試練が今まさに始まろうとしていた。

6級のバッジテスト、この合格《ごうかく》が全日本ノービスA予選の出場資格《しかく》を得《え》るための条件《じょうけん》となる。

いのりは今日の行程《こうてい》を頭の中で確認《かくにん》した。

まずは単独《たんどく》での2回転《ダブル》アクセルジャンプテスト、次に衣装《いしょう》を着てのS　P《ショートプログラム》テスト、そして最後にF　S《フリースケーティング》テスト。

この3つとも今日合格しなければ、全日本ノービスAへの道は閉《と》ざされてしまう。

いのりが気持ちを引《ひ》き締《し》めていると、「明浦路先生」と、理凰が声をかけてきた。合宿が終わってから、理凰と会うのは久《ひさ》しぶりだ。

「お久しぶりです」

「理凰さんも今日受けるんだね！」

「完成度が上がってきたから、せっかくなら大会前にって……。今、父を呼《よ》んできます！」

「えっいいよ！　鳩鳥先生、忙《いそが》しいだろうし……」

恐縮《きょうしゅく》する司を置いて、理凰が慎一郎を呼《よ》びに行こうとしたとき、慎一郎がのっしのっしとクマのように駆《か》けてきた。そして、司と向かい合うと深々と頭を下げた。

「明浦路先生！　改めて先月は本当にお世話に……」

その礼儀正《れいぎただ》しい姿《すがた》に、司は「ウワアアアッ！」と恐縮し、自分の頭が慎一郎より低くなるよう、大あわてで腰《こし》を落とした。

「やめてください、こんな人がいるなかで！」


司と慎一郎が話している間、いのりは邪魔《じゃま》にならないよう、ロビーの端《はし》に移動《いどう》して待っていた。

ふと視線《しせん》を巡《めぐ》らせると、なんだか周りの景色に見覚えがあるような気がする。

「あ……」

そこは、初めてバッジテストを受けたときに、司が緊張《きんちょう》しているいのりを落ち着かせるために指遊びをしてくれた場所だった。

あのとき、いのりは、初めてのテストに極度に緊張して、震《ふる》えが止まらなかった。

しかし、今のいのりは違《ちが》う。緊張《きんちょう》していない。手の震《ふる》えもない。

ゆっくりと手のひらを握《にぎ》りしめ、いのりは自分の確《たし》かな成長を実感した。


いよいよ、6級のバッジテストが始まった。

いのりは冷静に呼吸《こきゅう》を整え、氷の上に立った。

まずはエレメンツテスト。これはジャンプやスピン、ステップなど、技《わざ》ごとに審査《しんさ》を受けるものだ。

「はい、では結束《ゆいつか》さん、もう一度お願いします」

ジャッジの声が静かに響《ひび》き渡《わた》る。

いのりは深呼吸を1つして、スケート靴《ぐつ》のエッジにしっかりと体重を乗せた。

バッ。

シャッ。

2回転《ダブル》アクセルを見事に決め、着氷する。

(降《お》りられた……!)

いのりはドキドキしながら、ジャッジの表情《ひょうじょう》をうかがった。

「OKです。お疲《つか》れさまでした」

その言葉に、ほっと力が抜《ぬ》ける。

(よっ……よかったぁ~~……)

無事にエレメンツテストをクリアした安堵感《あんどかん》が、じわじわと胸《むね》に広がっていく。

リンクサイドに戻《もど》ると、青白い顔でゾンビのようになった司が待っていた。まるで自分がテストを受けるかのような緊張《きんちょう》具合だ。

「いのりさん……お疲れさま……」

(わたしよりぐったりしてる……)と、いのりは司の様子に驚《おどろ》いた。

「この見守るだけの時間、全ッ然慣《な》れないよ……。心臓《しんぞう》が破《やぶ》け散《ち》りそう……」

一方、いのりの母は司よりはずっとリラックスした表情《ひょうじょう》で、いのりへ畳《たた》んだ衣装《いしょう》を差し出した。

「いのり、はいこれ、次の衣装」

衣装には、キラキラと輝《かがや》くスパンコールが、丁寧《ていねい》に縫《ぬ》い込《こ》まれていた。いのりの母が、1つずつ手縫いしてくれたものだ。

いのりは、再《ふたた》び気持ちを引《ひ》き締《し》めた。

(まず1つ終わった……。あと2つ……)

エレメンツテストが終わり、次はいよいよ衣装《いしょう》を着けてのＳ　Ｐ《ショートプログラム》テストだ。

このプログラムでは、ジャンプやスピン、ステップを含《ふく》む、決められた構成《こうせい》を滑《すべ》りきらなければならない。

いのりはリンクに立ち、静かにスタートした。

クルルルッ……。

冷静に、１つずつ技《わざ》をこなしていく。

（３つ目……スピンして……４つ目……っ）

次のステップへと移行《いこう》しながら、慎重《しんちょう》に氷上を滑り、最後のジャンプへと挑《いど》む。

氷をしっかりと踏《ふ》み切《き》って跳《と》び上《あ》がり、空中で回転。

そしてその勢《いきお》いのまま、いのりは体勢《たいせい》を崩《くず》さずに着氷した。

（指先は……バレエの手！）

バレエのレッスンを思い出し、指先まで意識《いしき》を集中させる。

美しい姿勢《しせい》を保《たも》ち、最後まで気を抜《ぬ》かずに滑りきった。

「よし！　転倒《てんとう》なし！」

リンクサイドで見守っていた司は、思わずガッツポーズを決めた。


次は、理凰の番だ。

理凰の心臓《しんぞう》は高鳴り、冷たい汗《あせ》が背中《せなか》をつたっていた。

(6回目のテスト……これで落ちたら本当にダサい)

これまでに何度も、この6級のS　P《ショートプログラム》テストで失敗してきた。その経験《けいけん》が、脳裏《のうり》に鮮明《せんめい》によみがえりそうになる。

(でも、挑戦《ちょうせん》は気楽に!)

司の言葉を思い出し、理凰は少し肩《かた》の力を抜《ぬ》いた。

スケートリンクの中央へと進み、流れだした音楽に合わせて滑《すべ》り始《はじ》めた。

タンッ!

シャッ!

バッ!

シャアッ!

体が軽《かろ》やかに動き、3回転と2回転の連続ジャンプを見事に回りきる。空中での回転が終わり、スケート靴《ぐつ》が氷をとらえた瞬間《しゅんかん》、理凰は成功を確信《かくしん》した。

その予感のとおり、見事に着氷。

「理凰さん。やった……！」

リンクサイドで見守っていた司が、思わず前のめりになる。

慎一郎も、無言で見守りながら、そっと手のひらを握《にぎ》りしめていた。そして、演技《えんぎ》を終えた理凰がリンクサイドに戻《もど》ってくると、そっと彼《かれ》の肩《かた》を叩《たた》いて労《いたわ》った。


いのりと理凰は、ともにＳ　Ｐ《ショートプログラム》テストに合格《ごうかく》した。

最後のテストはＦ　Ｓ《フリースケーティング》テストだ。

この審査《しんさ》では、ジャンプの種類や回数に制限《せいげん》はあるものの、演技の構成《こうせい》は選手にゆだねられている。

いのりが今日選んだ曲は「花《はな》の妖精《ようせい》」。映画《えいが》『カノンとベルの国《くに》』のために作られた、美しくも儚《はかな》い旋律《せんりつ》が特徴《とくちょう》の曲だ。いのりは今日のテストのために、司と相談しながら構成を考えた。

司は緊張《きんちょう》した面持《おもも》ちで、いのりの順番を待っていた。

「これで……残るテストはあと1つ……」

大きな大会とは違《ちが》い、バッジテストでは演技《えんぎ》の前に名前が呼《よ》ばれることもなく、観客からの大きな拍手《はくしゅ》もない。

ただ、決められた順番に従《したが》って淡々《たんたん》と滑《すべ》るだけだ。

観客席では、コーチや保護者《ほごしゃ》たちが、祈《いの》るようなまなざしで見守っている。

ジャッジたちはするどい視線《しせん》で、選手たちの滑りを見定めている。

（すごく静かで……重たい空気だ……）

リンク全体を包む張《は》り詰《つ》めた空気が、出番を待ついのりの緊張感《きんちょうかん》をさらに高めた。

ドクン、ドクン――。

心臓《しんぞう》の鼓動《こどう》が速くなり、手のひらにじわりと汗《あせ》が滲《にじ》む。すると、司がふっといのりのそばに来て、自分のパーカーの紐《ひも》をいのりに差し出した。

「いのりさん。い……いる……？」

緊張したときの、いつものおまじないだ。

いのりはそっと手を伸《の》ばし、その紐を握《にぎ》りしめた。

「そのまま聞いてほしいんだけど……振《ふ》り出《だ》しに戻《もど》ることなんて1つもない。このテストのあと、俺《おれ》たちにあるのは前進だけだ。積み重ねたものに自信を持って」

はい、といのりは力強く返事をした。
そして目を閉じて呼吸《こきゅう》を整え、司の言葉を胸《むね》に刻《きざ》んで、リンクの中央へと滑《すべ》っていく。
いよいよ最後のテストの始まりだ。

立ち位置に向かういのりを、司は緊張《きんちょう》し見守っていた。
(最初に2回転《ダブル》アクセル。そのあと、6つのジャンプと3つのスピン……)
いのりの演技構成《えんぎこうせい》を、頭の中で反復《はんぷく》する。
ジャンプとスピンを、1つでも失敗すれば不合格《ふごうかく》だ。
大丈夫《だいじょうぶ》、と司は心の中で、自分に言い聞かせた。
すぐに「花の妖精」が流れ始め、いのりが滑り始める。
最初に挑戦《ちょうせん》するのは、2回転《ダブル》アクセルだ。
(大丈夫、大丈夫)
司は心の中で繰《く》り返《かえ》し、じっといのりを見守った。
いのりは左足のエッジにしっかりと体重を乗せ、勢《いきお》いよく氷を蹴《け》って跳《と》び上《あ》がる。
シュバッと風を切る音が響《ひび》き、いのりの体が美しく宙《ちゅう》を舞《ま》った。

そして――。

カシャアッ！

見事に2回転《ダブル》アクセルを着氷させ、司は（降《お》りた！）と顔を輝《かがや》かせた。

（踊《おど》れ！　このまま最後まで！）

いのりの滑《すべ》りはまさに花の妖精《ようせい》そのものだった。

華《はな》やかな笑顔《えがお》を浮《う》かべながら、演技《えんぎ》を楽しむようにリンクの上を舞《ま》い踊《おど》る。

フライングシットスピン。

2回転《ダブル》サルコウ。

2回転《ダブル》ルッツからの2回転《ダブル》トウループ。

そしてステップシークエンス。

いのりの顔は、キラキラと輝いていた。

ほんの1年前まで、いのりはどこにも居場所《いばしょ》がないように感じていた。

手を土まみれにして一人ぼっちでミミズを探《さが》しては、スケートリンクに持っていった。周りの大人にスケートをやりたい気持ちを打ち明けることができず、指導者《しどうしゃ》もいないまま、1冊《さつ》の本を何度も何度も読《よ》み込《こ》んでは、不器用にスケートを磨《みが》いていた。

そんな少女が、今はこのリンクで自由に羽ばたいている。

踊れ!
このまま最後まで!
ひとつずつ
ひとつずつ

いのりは最後まで大きなミスを犯《おか》すことなく、ＦＳ《フリースケーティング》テストを滑《すべ》りきった。

「合否《ごうひ》を発表します。６級ＦＳ《フリースケーティング》の受験者のみなさん、集まってください」

ジャッジに呼《よ》びかけられ、いのりは他の受験者とともに、休憩《きゅうけい》スペースの一角に集められた。

（どうしよう。今ごろすごくドキドキしてきちゃった。落ちたら今年も、光ちゃんと戦えない。約束守れない……）

心臓《しんぞう》の音がドクンドクンと速くなっていく。

緊張《きんちょう》のあまり呼吸《こきゅう》が苦しくなり、視界《しかい》が狭《せま》く感じられた。

（受かりたい……受かりたい！）

そのとき、隣《となり》にいた理凰がトンと肘《ひじ》でいのりを小突《こづ》いた。

「そんなになる必要ない。大丈夫《だいじょうぶ》。よかったよ、アンタ」

その一言で、肩《かた》から力がふっと抜《ぬ》ける。

いのりは拍子抜《ひょうしぬ》けしたように、まじまじと理凰の顔を見つめた。

「……。何！」

気まずそうな理凰に、「ううん……。ありがと……」とお礼を言う。

最初に会ったとき、理凰はいのりの名前さえ覚える気がなかった。スケートが下手なやつは話しかけてくるなと宣言《せんげん》して、いのりのことを気にも留《と》めていなかった。

あのころから、2人の距離《きょり》は、ずいぶんと変わったようだ。

やがて結果発表の時間になると、ジャッジは書類を確認《かくにん》しながら、1人ずつテストの結果を発表し始めた。

「発表します。秋山佳奈《あきやまかな》さん。合格《ごうかく》です。踏《ふ》み切《き》りがしっかり改善《かいぜん》されていてよかったです」

「はい！」

「円堂《えんどう》りなさん。前回指摘《してき》した部分が直っていません。もう一度」

「はい……」

続いてジャッジは、理凰のほうを見た。

「鴗鳥理凰さん。合格です」

「……ッッ！」

理凰が息をのんだ。ジャッジが続けて言う。

「しっかり練習してきたことがわかる、丁寧《ていねい》なスケートでした。次もがんばってください」

理凰は涙《なみだ》をこらえるように唇《くちびる》を引き結び、力強く「……はいっ！」と返事をした。

ジャッジが、いのりのほうへと視線《しせん》を移《うつ》す。

「次……結束いのりさん」

いのりは胸《むね》の前で両手をぎゅっと握《にぎ》りしめた。

「合格《ごうかく》です。ブロック大会、がんばってください」

「はいっ！」

この瞬間《しゅんかん》、いのりは、6級のバッジテストに合格した。

それは同時に、全日本ノービスA予選、中部ブロック大会へのエントリーが決まった瞬間でもあった。

全日本ノービスA予選では、たくさんの選手がいのりの前に立ちはだかるだろう。

いのりのライバルは、光だけじゃない。

すずや絵馬《えま》、梨月《りつき》、美豹《みいひ》、星羅《せいら》——日本中で、たくさんの子供《こども》たちが、夢《ゆめ》を目指して切磋琢《せっさたく》磨《ま》している。

氷の上で生きてきた全国の子供たちの、勝利のメダルをかけた戦いが、今、いよいよ始まろうとしていた。

氷の上で生きてきた
全国の子供達の
ALL JAPAN NOVICE
勝利のメダルを
かけた戦いが
はじまる

＊著者

江坂《えさか》 純《じゅん》

早稲田大学文学部卒業。ノベライズとして『ONE PIECE FILM RED』（JUMP j BOOKS）、『名探偵ピカチュウ』『小説 劇場版すとぷり はじまりの物語 ～Strawberry School Festival!!!～』（ともに小学館ジュニア文庫）などを手がける。

＊原作

つるまいかだ

愛知県出身。2020年、『メダリスト』でデビュー。同作品を「アフタヌーン」にて連載中。

この講談社KK文庫を読んだご意見・ご感想などを下記へお寄せいただければうれしく思います。なお、お送りいただいたお手紙・おハガキは、ご記入いただいた個人情報を含めて著者にお渡しすることがありますので、あらかじめご了解のうえ、お送りください。

〈あて先〉
〒112-8001 東京都文京区音羽2-12-21
講談社児童図書編集気付 江坂 純先生

この本は、講談社アフタヌーンKC『メダリスト』（つるまいかだ）をもとにノベライズしたものです。

★この作品はフィクションです。実在の人物、団体名等とは関係ありません。

講談社KK文庫

小説《しょうせつ》 メダリスト2

2025年1月15日 第1刷発行（定価はカバーに表示してあります。）

著 者 江坂《えさか》 純《じゅん》

原 作 つるまいかだ

発行者 安永尚人

発行所 株式会社 講談社
〒112-8001 東京都文京区音羽2-12-21
電話 編集 東京(03)5395-3535
販売 東京(03)5395-3625
業務 東京(03)5395-3615

印刷所 株式会社新藤慶昌堂

製本所 株式会社国宝社

本文データ制作 講談社デジタル製作

KODANSHA

N.D.C.913 232p 18cm Printed in Japan ISBN978-4-06-538025-3

X 旧Twitter いいね!
2400万超!
Okano Kuko presents Galvania
ギャルがシルバニアファミリーを溺愛したら。
#ギャルバニア
岡野く仔
KODANSHA
KODANSHA
バニア愛に心が清らかになるよ!

オリジナルストーリーの
対話形式で読んで楽しい！

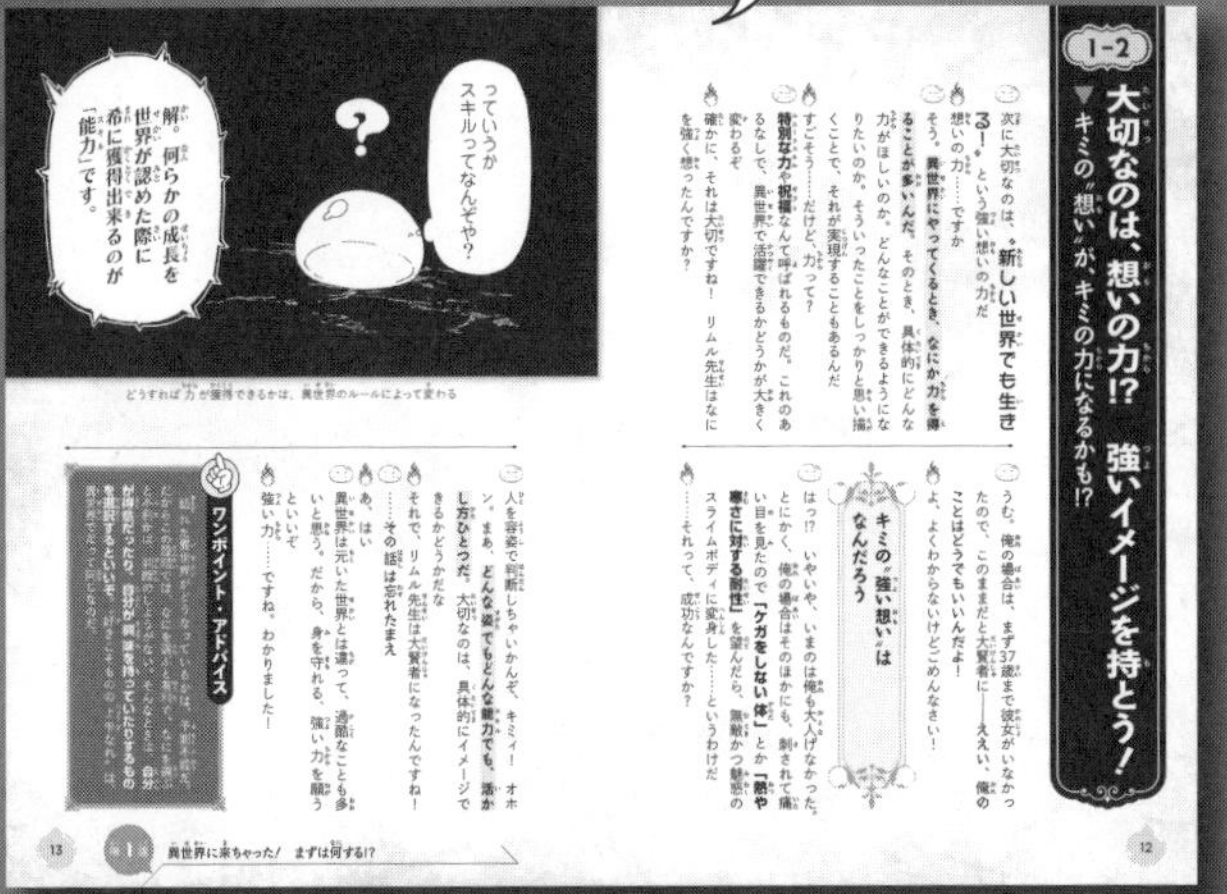

1-2

大切《たいせつ》なのは、想《おも》いの力《ちから》!? 強《つよ》いイメージを持《も》とう！

▼キミの〝想い〟が、キミの力になるかも!?

次に大切なのは、〝新しい世界でも生きる！〟という強い想いの力だ

想いの力……ですか

そう。**異世界にやってくるとき、なにか力を得ることが多いんだ。**そのとき、具体的にどんな力がほしいのか。どんなことができるようになりたいのか。そういったことをしっかりと思い描くことで、それが実現することもあるんだ

すごそう……だけど、力って？

特別な力や**祝福**なんて呼ばれるものだ。これのあるなしで、異世界で活躍できるかどうかが大きく変わるぞ

確かに、それは大切ですね！　リムル先生はなにを強く想ったんですか？

うむ。俺の場合は、まず37歳まで彼女がいなかったので、このままだと大賢者に――ええい、俺のことはどうでもいいんだよ！

よ、よくわからないけどごめんなさい！

キミの〝強い想い〟はなんだろう

はっ!?　いやいや、いまのは俺も大人げなかった。とにかく、俺の場合はそのほかにも、刺されて痛い目を見たので**「ケガをしない体」**とか**「熱や寒さに対する耐性」**を望んだら、無敵かつ魅惑のスライムボディに変身した……というわけだ

……それって、成功なんですか？

どうすれば力が獲得できるかは、異世界のルールによって変わる

人を容姿で判断しちゃいかんぞ、キミィ！　オホン。まあ、**どんな姿でもどんな能力でも、活かし方ひとつだ。**大切なのは、具体的にイメージできるかどうかだな

それで、リムル先生は大賢者になったんですね！

……その話は忘れたまえ

あ、はい

異世界は元いた世界とは違って、過酷なことも多いと思う。だから、身を守れる、強い力を願うといいぞ

強い力……ですね。わかりました！

ワンポイント・アドバイス

13　第1章　異世界に来ちゃった！　まずは何する!?　12

\今日から使える！/

ガチ・サバイバル術

❶方角《ほうがく》を知る

山などで遭難したら、基本的にはその場を動かずに救助を待つのが大事。ただし、飲み水がないなど、どうしても動かなければいけないときは、同じところをグルグル回ってしまうのを防ぐため、方角を知ることが大切になる。

腕時計で調べる

①時計を地面に対して水平にする
②太陽の方向に短針を向ける
③12時と短針の真ん中がおおよそ「南」

※北半球にいるときしか使えない

星で調べる

①柄杓のような形をした北斗七星を見つける
②北斗七星の柄杓の口の2つの星の距離を5つ分まっすぐ伸ばす
③そのあたりにあるひときわ大きな星が北極星で、その方向が北になる

※北半球にいるときしか使えない

25

異世界ファンタジー
研究者による
作品の解説コラム！

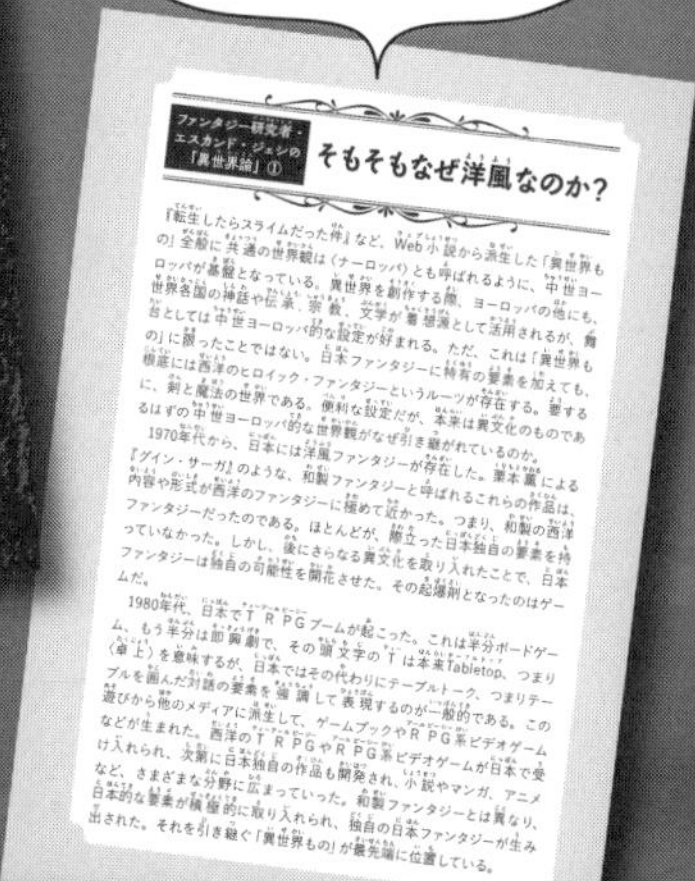

ファンタジー研究者・エスカンド・ジェシの「異世界論」①

そもそもなぜ洋風なのか？

『転生したらスライムだった件』など、Web小説から派生した「異世界もの」全般に共通の世界観は〈ナーロッパ〉とも呼ばれるように、中世ヨーロッパが基盤となっている。異世界を創作する際、ヨーロッパの他にも、世界各国の神話や伝承、宗教、文学が着想源として活用されるが、舞台としては中世ヨーロッパ的な設定が好まれる。ただ、これは「異世界もの」に限ったことではない。日本ファンタジーに特有の要素を加えても、根底には西洋のヒロイック・ファンタジーというルーツが存在する。要するに、剣と魔法の世界である。便利な設定だが、本来は異文化のものであるはずの中世ヨーロッパ的な世界観がなぜ引き継がれているのか。

1970年代から、日本には洋風ファンタジーが存在した。栗本薫による『グイン・サーガ』のような、和製ファンタジーと呼ばれるこれらの作品は、内容や形式が西洋のファンタジーに極めて近かった。つまり、和製の西洋ファンタジーだったのである。ほとんどが、際立った日本独自の要素を持っていなかった。しかし、後にさらなる異文化を取り入れたことで、日本ファンタジーは独自の可能性を開花させた。その起爆剤となったのはゲームだ。

1980年代、日本でTRPGブームが起こった。これは半分ボードゲーム、もう半分は即興劇で、その頭文字の「T」は本来Tabletop、つまり〈卓上〉を意味するが、日本ではその代わりにテーブルトーク、つまりテーブルを囲んだ対話の要素を強調して表現するのが一般的である。この遊びから他のメディアに派生して、ゲームブックやRPG系ビデオゲームなどが生まれた。西洋のTRPGやRPG系ビデオゲームが日本で受け入れられ、次第に日本独自の作品も開発され、小説やマンガ、アニメなど、さまざまな分野に広まっていった。和製ファンタジーとは異なり、日本的な要素が積極的に取り入れられ、独自の日本ファンタジーが生み出された。それを引き継ぐ「異世界もの」が最先端に位置している。

66

現実世界でも役立つ
リアルサバイバル術も！